U0928689

夜渔

黄波 著

黄定初 绘

CTS
湖南文艺出版社

图书在版编目(CIP)数据

夜渔 / 黄波著 ; 黄定初绘. -- 长沙 : 湖南文艺出版社, 2017.1 (2022.12重印)

ISBN 978-7-5404-7634-2

Ⅰ. ①夜… Ⅱ. ①黄… ②黄… Ⅲ. ①散文集—中国—当代 Ⅳ. ①I267

中国版本图书馆CIP数据核字(2016)第118894号

夜 渔

YE YU

黄波/著 黄定初/绘

出 版 人: 陈新文

责任编辑: 耿会芬

整体设计: 萧睿子

发 行 湖南省新华书店经销
印 刷 长沙鸿和印务有限公司
版 次 2017年1月第1版
印 次 2022年12月第2次印刷
书 号 ISBN 978-7-5404-7634-2
开 本 787mm×1092mm 1/16
字 数 162千字
印 张 16
插 图 15幅
定 价 78.00元

父母年轻时节

序

认识黄波是在1993年，他那时好像正在拍一个毛泽东一百周年诞辰湖南文艺界的纪录片。他到省画院采访谭仁、钟增亚，然后他们把他介绍给了我。

这一晃二十多年过去了，身边的朋友老的老了走的走了，唏嘘过后，逐渐归于平淡。只是和黄波依旧往来频密，我可以陪他开车沿着大陆海岸线从南到北走一圈，他可以从北京长途奔袭只为赶我在家里阳台上那顿六十岁生日的晚饭。举着酒杯，半醉着眯眼对视，我都不太清楚我们这种关系。说是忘年交，可以；说是师生也不完全；说是父子情结也有那么几分。总归这么多年下来，我们不疾不徐，相互操着心思，越走越近。我们聊画画写字，聊各地美食，聊相熟朋友的变迁异动，永远有那么些话说。当然我们说得最多的还是钓鱼。

我从小就在家门口的湄水边钓鱼，到老了还喜欢坐在塘边温暖的阳光里拿着钓竿打个瞌睡钓个鱼。黄波有次看到我一幅山水画的题跋：“我的家乡，环顾皆山，青翠的林子，斜斜的石径，淡淡的野花，碧绿的江水……”他兴奋地说：这就是我小时候钓鱼的地方！然后眉飞色舞跟我讲他那些奇奇怪怪的钓鱼故事。再过几年，他告诉我已经把那些故事写成了文字，要我看看，顺手还给我出了道难题，要我根据那些故事画本图册。我费了很多心思，花了好大气力，本来不多的头发又扯断好多根，终于把图册画成了。这是我平生第一次专门画一本钓鱼的图集，莫可奈何，关系摆在那儿。但是看过黄波写的那些文字，透过钓鱼背后的故事，仿佛看到很多人来来去去的身影，感触良多，不禁掩卷叹息，生命的真义到底在哪里？是那些像人和鱼一样不平等的博弈，还是躲在深冷的水底用冰凉的目光审视那些繁杂平淡的过往历程？

好在正如黄波写的那样，他们是骄傲的鱼，我们是骄傲的人，不管怎样，都会劈波斩浪努力前行，哪怕是独自一人一鱼形单影只。

黄定初

2015年6月6日

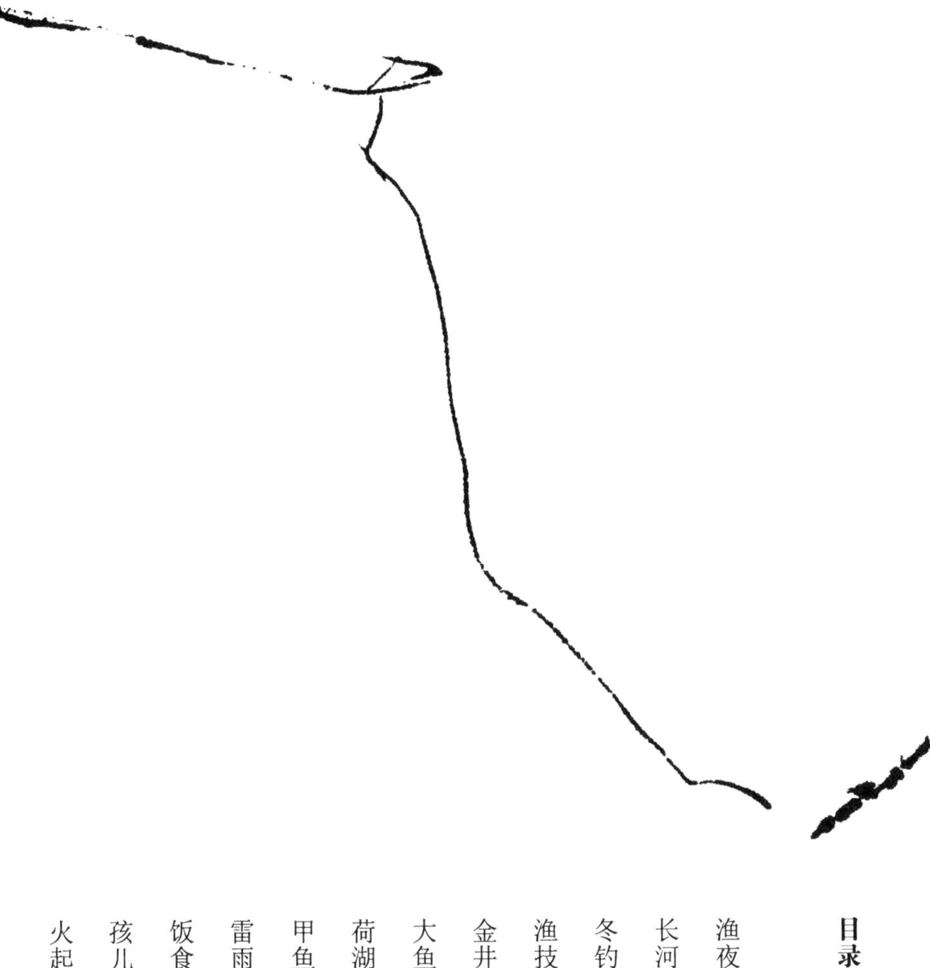

目录

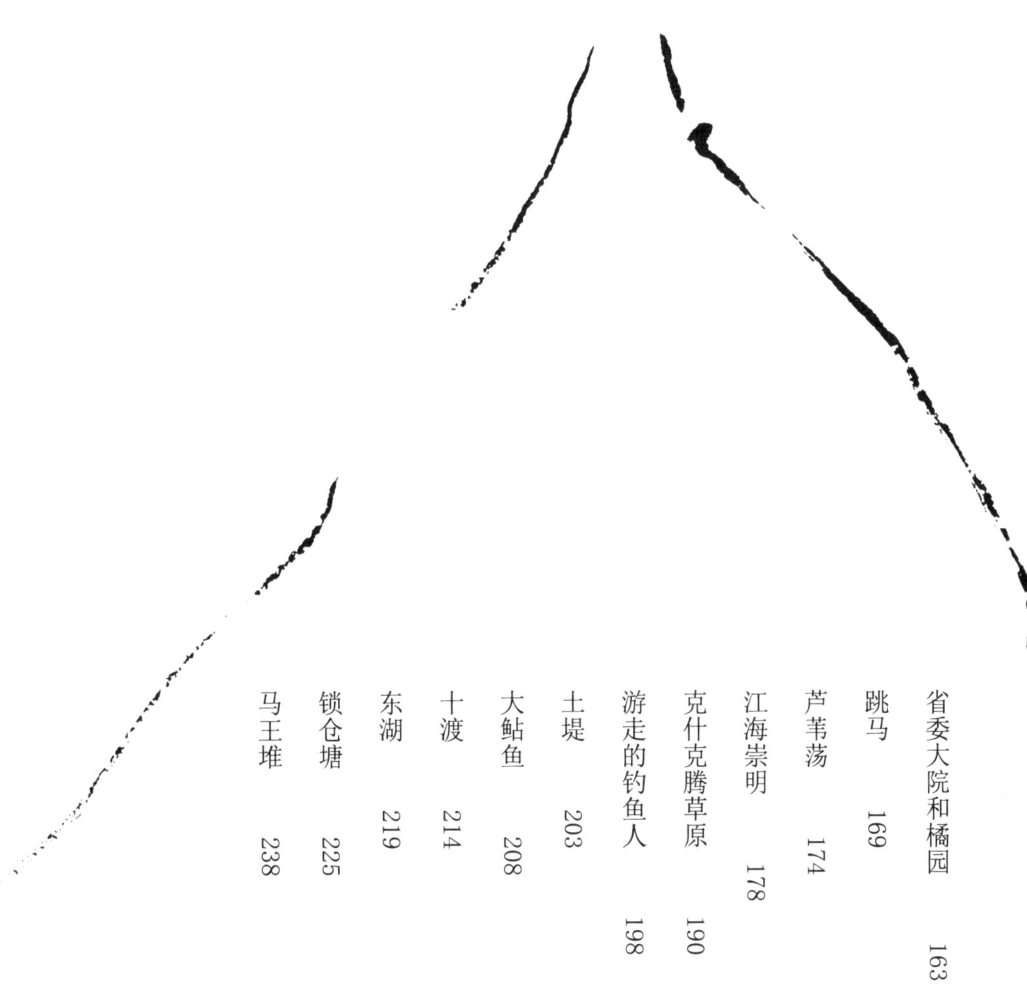

渔夜

是那种密不透风的酷暑的夜晚，我还是六七岁的孩子，对这种沉沉的夜充满了尊敬和畏惧。白天的一切都隐去了熟悉的轮廓，悄悄地躲在暗处，起起伏伏弓起脊背，面目一片狰狞。

那时外公外婆身体都很健康，住在益阳南门口一幢很小的木楼里，入夜时分，阁楼上的老鼠四散乱窜，闹得厉害，极像撒豆成兵里仙人的兵马。

外婆家还能用上电灯，黄晃晃的灯光撒满糊着大大小小报纸的四壁，这已算是一户典型的城里人了。灯早早就拉熄了，我被迫躺在床上，心里驰骋着各种事情，怎么能睡着？我躺在舅舅身旁，听着他起起伏伏的鼾声，闻着他腋下散发出的浓烈的热气，只盼着外公发一声喊：起床，钓鱼去！

等到终于筋疲力尽迷迷瞪瞪入睡，舅舅就拉起我的耳朵说：“我们钓鱼去了，你在家睡啊。”我挣扎着爬起来，钓鱼我能不去？

夏日的夜黑得不透，屋外隐约有瓦蓝的光，外公一个人在厨房忙活下面条，一边还念叨："都两点半了，还不快点！"一阵刷牙洗脸泼水的声音，厨房里飘出一阵阵的葱油面的香味。

父亲、舅舅、我都埋头吃面。一整天的饭食，也就这碗面，虽然一肚子胀胀的瞌睡，可还得使劲吃，否则一天日头底下晒着，哪来的气力钓鱼。

舅舅性急，搁下筷子，嘴里含糊着，扛上钓竿，拿着手电，牵着我就往外走，以为就在城外不远的防洪堤边老地方会合。可左右等了半个钟头还不见父亲和外公的踪影。我手电筒往回照，只有来路上云影重重的夜空。

舅舅叮嘱我在堤上别动，反身投入夜色，往来路寻回去。剩下我一人待在浓密的夜里。我一人静静地蹲在防洪堤上，一动也不敢动。四周的夜在手电筒的光柱周围挤压过来。虫鸣哄拥而至，我的心怦怦乱跳，憋得透不过气来。湿湿的夜气偶尔夹着轻若游丝的小风掠过，仿佛裹着远远近近的脚步躲躲闪闪地走来。我一身湿透，只能把手电筒照着地面，不敢再抬眼看四下的黑。好在地面的光圈里闯进了一小队蚂蚁，在光圈中央停住，茫然不知所措。我被这吸引住了，心下才悄悄释然。这时远远的脚步声踏踏实实地走过来，然后是父亲和外公叫我的声音，外公埋怨舅舅的声音。我故意不答应，其实一种甜甜的温暖从心底升起。

舅舅那时还是个毛头小子，外公把他骂了个狗血淋头："怎么能把个小孩半夜扔在黑黢黢的堤上呢？”舅舅一阵傻笑，他心下最怕的其实是我爸爸。

月亮真的从白莲花般的云朵里出来了，轻轻地风起了，漾动着无边的田垄里沉沉的稻穗，薄薄的湿湿的雾气裹着稻香一阵阵飘来。我们四个静静地走在垄上，谁也不肯开口说话，怕搅乱这醉人的夜。只有极远处幢幢的山影里悠然传来几声狗吠，在月色里，在无边的禾垄里蔓延开来。

这让人沉醉的夜色，让我小小的心里想起刚记事时，头一次出麻疹，伏在保姆的背上，黑纱裹着头，走在蛙鸣阵阵的田间，只有轻风吹过，偶尔掀起黑纱，我能从保姆的肩上看见水田里漾动的月光。银色的月光和细白的雪就这样撒满了我童年的回忆。

极静中，外公放慢了脚步，他听到了前面有乱乱的拨水声。他猫腰往前，果然是一条大鲫鱼搁浅在田垄间的渡水沟里。外公两手掐住鱼，鱼活泼泼地在他手里跳，外公的脸在月光下笑得熠熠生辉。他把沉甸甸的鱼放在竹篓里，奖励给我背着。

月亮渐行渐远，月色迷离，曙色出现，四野间笼起的白雾一层层退去。鸡鸣狗叫一阵亮过一阵，偶有农妇，睡意未消，到井边汲水，还打着长长的哈欠。独轮车和木扁担压在肩头的吱吱声远远近近地传来，亮晃晃的酷热的一天就要到了。日头越来越红，蝉声很大，我们避在树荫里，盯紧浮子，盼着鱼的动静。

长河湾

长长的沅水流进洞庭湖之前，在这里打了个弯。夏夜的河湾里全是躁动，狗吠蛙鸣虫吟，还有急急的流水中泼剌一声的鱼跳。

当沉沉的夏日远远落入河的那一头，白白的月亮就从河的这一头升起。暮霭、炊烟远远连着河湾里所有的躁动，层层叠叠地晕染开来，在轻轻的河风里时聚时散，侵入每个人汗汗渍渍的皮肤里。

我一个朋友的老家就在这里，这一年暑期我们相邀着回他老家。朋友的长房表叔里有一个长年寻鱼的老把式，只见一次面，就把我们一拨人说得手痒痒的。

这天夏夜有些闷，表叔突然打个手电筒，走在屋后山脊上就开始叫我们了。其时外面的月很亮，屋前的院子里水汪汪一片很白。只见表叔肩上扛着一大摞竹条，哗啦啦就撂到院子当中，直说累。表叔原来是叫我们夜里一起去河湾里捉鱼，说是要露一手给我们看看。我们上下屋的这拨孩子一听，顿时欢呼雀跃，拽着表叔就喊走。表叔神神秘秘地止住我们说："带上你们最爱玩的东西，每人帮我扛一根竹条。"

屋里的大人们都知道这个表叔的疯劲，只在身后追着说："不要游泳，小心！"我急忙把朋友的大双卡录音机也拎在手里，表叔见了，连声说好。

我们六七个人急匆匆就往河湾里赶，生怕耽搁了捉鱼，引得一路狗叫。不一会儿，河湾就在脚下，急急的水声，轻轻的河风扑面而来，爽得我们大叫舒服。

在河湾里，我们停在一片平缓的草坡上。表叔指挥我们把竹条搭起来，贴着河水边围成一个弓形的弧圈。大家七手八脚，打木桩，扯麻绳，弯竹条，兴高采烈。一切收拾停当，大家都看着表叔，看他怎么捉鱼，是用网，还是用捞，还是钓，瞪大的眼里充满期待。表叔笑笑，一转身，把背后的蛇皮袋放到草坡上，倒出一袋红薯。这下我们全傻眼了，满以为口袋里装的是什么稀奇古怪的捕鱼工具，没想到倒出来的竟然是红薯。表叔见我们有些灰心的样子，就定定地看着我们说：“咱们打个赌，现在是一袋红薯，待会儿，咱们就背一袋鱼回去，来来来，咱们现在背稻草去，点火烤红薯吃，一会儿鱼就来了。”

我们被表叔弄得云里雾里，到底不明白烤红薯和捉鱼有什么联系。月光在湍急的河水里被碾得细细的，亮晃晃的，看久了让人目眩神迷，仿佛岸边的草坡载着我们逆着流水在飞速地往前窜。我正发呆呢，表叔跑过来，指指录音机要我放。我随手一摁，顿时夜空里就忽然唱起来：轻轻地对我一笑你就不见了……大家惊异之后，一阵哄笑，这唱的就是机灵的鱼吧！

这时火点起来了，靠着水边，河风吹着，哔哔啪啪一下就烧得很旺。几个人闲得没事，不断把稻草往里扔，反正“双抢”后多的是稻草，火越烧越旺。

火光衬着表叔一脸的得意，他跟着录音机里的歌哼着，仔仔细细地把红薯塞进烧尽的稻草灰里。

录音机里的歌被夜风散得很远，河湾对面偶尔有狗吠传来应和，烤红薯丝丝的幽香钻入鼻孔；夜沉沉的，搅起了大家许多的心事，有人已经东倒西歪，哈欠连天。大家渐渐地有些耐不住，想回家睡觉了。突然，河水里一声大响，一条胳膊长的鲤鱼就跃

白日依山尽，人生垂杆长　　黄定初 · 纸本墨彩

上了岸，正好跳进我们用竹子围好的弧圈里，大尾巴还扇起了火堆里的一阵火星。表叔一声喊，一个蛙跳蹦过去，把鱼摁住，敲着它的脑袋说：“老子还真怕你们睡着了呢。”

这下大家的睡意都醒了，录音机里的歌声也开始欢快起来。大家都抢着问表叔：“为什么鱼恰好就会跳上来？”表叔认真地想了想，说：“你看家里点油灯的时候，有多少虫子往灯火里飞，鱼也一样，夜里喜欢往亮处蹦。”我们还是有些迷糊，原来是篝火引来了大鱼？

表叔把烤好的红薯分了，又要大家添了火。我们吃着香喷喷的烤红薯，在草坡上席地而坐玩起了扑克牌，正叫嚷争吵呢，哗啦啦，连着两条鱼前后跳上了岸。一条是银亮亮的翘脖鱼，一条是肉嘟嘟的花鲢。我们一齐扔了扑克牌跑过去，捉头的捉头，摁尾的摁尾，热闹得不亦乐乎。表叔走过来，拎起翘脖鱼，点点头说：“正好正好。”然后一转身，魔术般地变出一口铁锅、一把小刀。表叔手脚麻利，一下就把鱼剖好，从河里舀了半锅水，找了几块石头把锅架住，引来一把火往锅底一塞就熬开了鱼汤，翘脖鱼被煮着，还努力在锅里可怜地翻了一下身。表叔又从蛇皮袋子里捣鼓出一把辣子扔到锅里。我们看到表叔熬鱼汤的架势，肚子里的馋虫又被勾醒不少，咕咕直叫。

夜已经很深了，录音机里的电池有些不足，声音开始咿咿呀呀地变调；河湾里的雾湿湿的，落在身上有些凉；接二连三跳上鱼以后，鱼也累了，歇了；河面急急地流着，亮晃晃的像一面镜子。诱人的鱼汤这时散发出浓酽的香味。表叔在草坡上寻到一把野葱洗净扔到锅里，汤里白白的泡沫就上上下下翻着这些绿绿的野葱。表叔用大锅勺试一试鱼汤，发一声喊：“鲜，快来！”大家呼呼围过去，喝了直叫好，可惜只有一把勺，喝急了，免不了把舌头烫起许多泡。

汤喝好了，红薯也吃得大家挨着个地放屁，表叔把小鱼都放了，尽挑大的也背了满满一蛇皮袋。大家高高兴兴，蹦着跳着，尽兴地散了。

第二天，大家直睡到日薄西山，家里大人说，表叔早来过了，把鱼剁成一大块一大块的，分头送到各家去了。晚上吃鱼的时候还想着这表叔，心头莫名其妙地有些酸楚。直到现在我再也没见过我那朋友的表叔，连同我那朋友，也一起失去了消息。

冬钓浏阳河

那几年在外求学，得自管寒暖，冬天来得急时，不再有母亲放好在我枕边散发着樟脑香味的线衣线裤。每到这个时候，离寒假不远了，总就收到父亲催我早点回家的信，满是焦急的样子，我心里很是得意，毕竟被父亲看得重。

父亲的信中写过“垂钓碧波里，共赏雪中鱼”，这其中的情味难以言传。父亲年过半百，苦心劳牍，童心可不老。家中藏钓竿数根，他视若珍宝，且随流行不断纳入新竿，用他的话说，钓鱼是他的“奶操之”（意味从吃奶起即操此业，望城土话）。平时为他的纪检工作颠簸，或忧心忡忡、骂骂咧咧、辗转难眠，或激动不已，非痛喝几杯、大唱“树上的鸟儿成双对”不能表达那种结案后的欢畅，唯有一年中的春节放假，他才有闲暇重操“奶操之”的旧业。

冬天的鱼都肥嘟嘟地躺在水底睡得很沉。只有离家不远的浏阳河里许许多多的鳑鳊鱼，冰雪封河，咬钓也毫不犹豫。这种鱼大都一寸长、半寸宽，肉薄多刺，样子极似鳊鱼。严寒天气，每每群聚船底，用五香粉和酒拌过的米窝子撒在船边，它们便纷纷聚拢吃食，我们父子曾有过一天钓七斤的纪录。

寒假回家，吃过晚饭，捂杯热茶，围坐在火炉边，父亲和我闲聊的多半是浏阳河，以及在这种天寒地冻天气里的小鱼。想候个下雪天，尝尝独钓寒江的滋味。

浏阳河滋养出的这种鳑鳊鱼，新鲜吃来蛮鲜甜。不过钓到这种鱼，父亲总是仔仔细细地弄干净，用文火焙干，用橘皮熏黄，然后用塑料袋封紧，藏在小阁楼上。只有大年三十或来了贵客，才佐以豆豉、辣椒炒出一小碗，黄灿灿、亮油油，香气扑鼻，令鸡鸭鱼肉黯然失色，客人们每每赞不绝口。父亲便微微昂起头，与我相视一笑，悠然说：“这就是湖南著名的四小菜之一火焙鱼，我们是自食其力哟。”

等到下雪天气，大雪封门，父亲和我绝早就赶到浏阳河。冬天的浏阳河瘦下去了，没被雪盖住的地方露出深色的脊梁，春日里满河满野弥漫的炊烟，早已凝固成苍白的雾色。河边船攒头攒脑地挤在一起，从头到尾满是一身厚雪，不辨其颜色形状，就是张打油的诗“黑狗身上白，白狗身上肿”，可惜这是船。踏着一路新雪刚到船边，慢慢有黑脑袋从白雪朵中伸出来，叫道：“你老早呵，来钓鱼了！”便知船上是熟人了。

把窝子打在船缝间，很快就有鱼上钩。柔软的鱼竿挥动又细又长的线，从船缝幽深碧清的水里扯出大大小小的鳑鳊，任意丢在满是厚雪的舱里，小鱼儿轻轻扭动几下便静静地躺着，肚皮衬着雪银灿灿的，引得船民阵阵的喝彩。

这些船民有宁乡的、浏阳的、攸县的、祁阳的，都是到浏阳河挖沙干副业的，过年也不能回家，得守着船，寂寞得紧。常常缩在船里用土话野骂，骂天、骂水、骂老婆孩子，或远远隔着几条船对骂，要穷尽那些野词才罢休，样子有些像对歌。那土话一个字一个字赶得紧，半句也听不懂，不过用粗嗓门吼出来，倒能盖过北风，听着蛮受用。

船民们见有人来钓鱼，高兴得很，都袖着手围着你站着，任鼻子冻得通红，引着脖子看船缝间白色的浮子，浮子一动就大喊咬了咬了！偶尔一条被船舷碰掉在水里，样子比我们还懊恼，连声叹息。钓上来了，就连忙用大手捂着，小心地放进鱼篓里。过一会儿，又给我们搬来小凳，端来热茶，你请他抽支烟，他就狠狠搓搓手，恭恭敬敬接过，笑眯眯地左瞧右瞧，闻一闻，才小心地夹在耳朵上。快吃午饭时，就有人咬着舌根结结巴巴地讲着普通话，转弯抹角地问我们饿不饿，带了吃的没有，意思是要请我们吃饭的，只是不好直说。说实在的，我们有点怕他们的吃相，刺溜一口就吸进小半碗的米饭，所以总是婉谢，拿出冰冷的干面包来啃。他们很尴尬，以为我们城里有高级点心，怎么肯去吃他们那大块又辣又咸的熏鱼腊肉。

冬天的下午很快暗下去，连浮子都看不清了，我们想走。他们总要留我们多钓会儿，说他们眼尖，便趴在船舷上帮我们看浮子，指挥我们起竿。我们实在要走了，想送他们一些钩、线，让他们自己过过钓鱼的瘾。他们连忙摇手不要，说不会，倒把鱼吓跑了，下次再来你们就没得钓了。送我们到岸边，总是说："多来哟，明天有空又来吧，开春我们的船队就走了，船走了，鱼也散了。"我们总是说："会来的，一定会来的。"父亲和我沿着来时的脚印，重新爬上岸时，总有一种惆怅的感觉，不敢回头看那些船，看那些正望着我们一步步走远的船民。

其实春节也实在忙碌得很，要看朋友、看同学、走亲戚，父亲和我能到浏阳河钓一次鱼就不错了。可对船民"一定会来"的承诺，随着假期结束日子的临近，显得越来越沉甸甸，细想，实在又没什么，可心里还是疙疙瘩瘩的不自在。每次和父亲坐在炉边闲聊，说着说着，就想到了浏阳河上那些粗手粗脚盼着我们去钓鱼的船民，便沉默下来，静得很慌。

有一次，父亲和我下了最大的决心，趁着最后一个假日匆匆赶往浏阳河，还没到那个熟悉的泊船地，远远就看见船民们在忙忙碌碌起锚，收跳板，之后一声声壮壮的吆喝漫开来，马达声响起，船队慢慢地离了岸，渐渐快起来，带着一冬的寂寞，远远地往上游去了。我目送他们远去，目光渐渐酸软了，父亲见我很伤感的样子，便安慰我说：“也许他们早忘了那些许诺呢。”

船队远远没入河湾的尽头，我这才转过神，发现浏阳河的水越加恣肆了，河边厚厚的积雪早开始融化，露出斑斑驳驳深色的土块。船队走了，春也开了，鱼群是不是也散了，抑或跟船队去了上游，听那些黑黑的船工用厚重的嗓子唱弯过九道湾的野野的歌呢？

渔技

“鱼”多了这三点水就变成了弄鱼的技法，隔着一汪大水一个在岸上一个在水中，要逮到那活蹦乱跳的鱼，引诱、蛮干、放长线还是急功近利？于是多少年下来便生出许多的窍门技法，许多闻所未闻，却足见出先人们的机巧。

一　小老头

车站客运段有一个干地勤的临时工，这人身高不足一米五，打了一辈子的光棍，长年累月混迹在铁道上，被客运段同情收留，接一些散活，领些零碎银子。

可这不起眼的小老头却是当地铁路系统的神钓，说起钓鱼没有谁不服他的。铁路职工在过去是很有钓鱼之便利的，因为大家可以免费乘车，想到哪里就到哪里钓鱼，只要通铁路的地方他们可以随时下车钓鱼上车走人。小老头跟着这些人，东跑西颠到处钓鱼。无一例外，都是这小老头钓得最多。有时大家都空着手剃了光头，这小老头仍然是钓得盆满钵满，还不时慷慨地匀鱼给大家。慢慢地就有人起了嫉妒之心，硬逼着小老头交出绝技显出法门，可小老头就是不从。

有三个人特别地不甘心，有一次设计好了，特地搞了一个软卧包厢，邀小老头一起坐车去钓鱼。小老头兴高采烈，头一次软卧出门，带足了钓鱼工具。那时的火车软卧可了不得，得厅局级干部带上党委介绍信才能订到。小老头没高兴多久，审问就开始了。三人先礼后兵，小老头就是不说，最后没辙了，三人把小老头摁在床上，扒光了他的衣裤找遍了他的全身，又把他的鱼竿渔具一股脑摊开，却还是那些普通的钩线蚯蚓。三人把小老头的钩线饵料都换了，小老头只是苦笑着摇了摇头。可那天到头还是小老头钓的鱼最多，可把这几个人气坏了。

这三人觉出小老头不是在钓鱼，而是向鱼施了什么魔咒，他们发誓要揭穿这个秘密。

这次他们花了更多的心思设了一个局。他们找到了一个视野开阔的鱼塘，然后派一个哥们，预先躲在塘边的茅房里。小老头心知肚明，却也不怕他们有什么诡计。

几个人在塘边坐定，小老头尽量离他们远点，却恰好是在农舍茅房的左边，他哪里知道恶臭熏天的茅房里正有一双眼睛在死死地盯着他的一举一动。

不一会儿小老头就开始上鱼了。只见他脱掉鞋袜把双脚浸在水里不停地晃来晃去，突然俯身一抓就逮住了一条鱼，然后再装模作样地把鱼钩塞进鱼嘴里，再把鱼“钓”上来。老头小小的身量，动作却稳准快，那些鱼也仿佛中了魔咒一样，躺在水里一动不动由他摆布。等一切都看得真切，躲在茅房里的人趁老头抓鱼没注意，一声炸雷似的断喝，从茅房里狂奔出来。也许是憋坏了，那真是气势如虹，把老头吓了个半死。

被抓了现场，小老头只好认输招了，原来他每次来钓鱼前都在脚上涂了迷药，双脚往水里一浸就能迷翻附近的鱼，屡试不爽。

那是解放前夕他还小的时候，家里门前有一个要饭的老叫花，他心地颇善，间或一粥半饭地接济老叫花。老叫花临走之前对他说，日后天下大变，你身有残疾恐难谋生糊口，传你捉鱼一技，希望能让你勉强度日。老叫花遂给他配迷药之方，并嘱咐万万不可外传，以免多有杀生。

这几个人又缠着要小老头传配药之方，小老头点头应承明天都到他家里来学，几个人高兴得手舞足蹈一夜。可第二天几个人却再也找不到小老头了。铁路上的人说一大清早曾看见过他，小小的身量背着一卷铺盖，顺着铁路走远了。这些人十分地懊恼，渐渐地又多了一些后悔和酸楚，小老头会走到哪里去呢？

二　游鱼子

“游鱼子”是我们本地的一种土叫法。也许是气候的缘故，天气转热的时候，有一种不大的长条状的鱼总是在水面上欢蹦乱跳活泼异常，这种鱼肉薄而多刺，常常成群结队在水面上快捷游动觅食，我们把这种鱼叫“游鱼子”。因其敏捷异常，我们也常常拿来比喻聪敏灵活的人。

对付这种游鱼子有两种办法。

一是用器利之便，有些形而下。就是用一种叫“卡网”的工具，也就是长条状的丝网，把它两端固定在水岸两边，让丝网横在水面上形成封锁，然后着人从两头下水游泳赶鱼，越热闹越好，游鱼子被吓得没命逃窜，一会儿就窜入丝网动弹不得。这是我们儿时夏天日暮时候游泳的一种热热闹闹的游戏，为一般钓鱼人所不齿。

二是钓鱼人钟爱的技术含量很高的“甩钓”。由此也能分出钓鱼人水平的高下。顾名思义，“甩钓”就是把钓饵远远地抛入塘中，然后慢慢地在水面拖拽，贪吃的游鱼子跟上来一口咬住，甩竿就能钓上。运气好还能碰上大鱼追咬，把沉甸甸的大鱼扯上来，那就是意外之喜了。

我见过神乎其技的高人。那一年初夏，我到一个乡下亲戚家玩，记得那是个阴天，仿佛还下着小雨。

有一个陌生的中年男人来到家门口打了个招呼，说到你家塘里钓游鱼子啊。一般人家都会肯的，在乡下人看来游鱼子都不算鱼，公家塘私人塘都任人钓。这男人戴顶露出头皮的破草帽，面目晒得黝黑，眉目没什么表情，沉默寡言。他先折了一大束柳枝插在塘基上，然后就躲在柳枝后往塘里大把大把地撒窝子。他见我好奇地站在边上，犹豫了一下，招手也让我躲过去。我看清了，他正往塘里大把大把地撒蛆。蛆用煤灰拌过，气味很重，我知道这种味最逗鱼了。

大片的蛆翻翻滚滚往塘中心飘去，一会儿就逗来成群的游鱼子来掠食。男子不慌不忙地从怀里掏出一根不到一米的竹梢，系上很长的鱼线，再在钓钩上绑上一小片白色的羽毛，摁住我的肩要我别乱动，然后一抖腕，短竹梢带着长长的鱼线笔直地就飞进了水面的鱼群中。突地他手一抖，一条蛮大的游鱼子就被拖出水面，在空中划出一道漂亮的弧线，被甩进身后的菜地里。他根本不回头瞧一眼，只是一挥手，鱼线嗖的一声又飞进鱼群，他轻轻拖动，又是一甩，一条游鱼子又活蹦乱跳地落在后面的菜地里。

我蹲在柳枝后，仰头看着天上飞来飞去的鱼和鱼线，眼都花了，这哪是钓鱼啊，这不是杂技魔术吗？扭头看看菜地，真真切切地躺了一大片努力挣扎的游鱼子。后来大了看到艺术体操里的带操，才觉出了异曲同工之妙。

不多一会儿他就站起身来伸了个懒腰，估计那一大片游鱼子都被他赶尽杀绝了。他回头收拾菜地里散落的游鱼子，却只装了一小半在鱼篓里，转头对我说要主人家来收了。见我目瞪口呆的样子，难得一见地微微一笑，弯腰收拾好渔具，顺着田垄飘然走远了。

三　莴萎（阿魏）

“莴萎”是传说中一味奇特的中药，见过的人少之又少，据说性极凉，味极臭，能败任何热毒。医典记载，莴萎长在夭折少女的嘴边，墓穴须得背阴密不透风，可谓万中无一。韩少功先生

《马桥词典》中有一段找莴萎的描叙，真是摄人心魄。世代相传的渔经秘术中称，莴萎又是极具杀伤力的鱼饵。我有一位教台钓的朋友，是前钓鱼协会的秘书长，他就有幸碰到过莴萎，也真真切切地用过莴萎。

那是“文革”末年，大乱未定，他的一个朋友有天深夜忽然带着两个人跑到他家里来。他祖上是小资本家，抄家之余还给他落下了个清静小院。朋友敲门声急得让人心惊肉跳，他打开院门让进这神神秘秘的三个人，定睛一看原来是三个常在一起钓鱼的伙计。

他赶紧往屋里请，朋友连连摆手，要他掌灯到院里来。他点了煤油灯出来，只见朋友放下一个大包袱，然后从怀里摸出一双纺织厂用的塑胶手套，小心翼翼地戴上，才开始解包袱，还抬头关照了他一声臭啊。

包袱裹了一层又一层，正纳闷呢，一股浓烈的恶臭扑面而来，差点把他熏倒。再往里解开包袱已经是一层裹得严严实实的塑料布了。臭气愈来愈浓，另两人恨不能躲到墙角。他一手捂住嘴，一手努力支着油灯。恶臭已经让他张不开嘴来问个究竟了。最后他看见了搁在一片瓦上的两片茶叶大小的东西。朋友站起身来，瞪着兴奋的大眼睛，说：“莴萎呀！兄弟！”他脑子已经被冲天的臭气熏得一片迷茫，难道这黑乎乎的两片茶叶就是传说中的莴萎？

朋友看他发愣，连忙催促他，你家院里不是有个大水缸吗？那朋友说完就自己找到水缸把那瓦连同两片叶子投了进去。听到水声，他才回过神来，直跺脚，“哎呀那是我要用的水啊！”朋友却不管不顾，把那些解开的包袱皮一张张里里外外又蒙到缸上，再用绳子系牢捂了个严严实实。朋友弯腰把手套也整好才过来跟他说话：“这可千万不能让别人知道！”另外两个伙计也围上来说：“这下我们可以好好钓一阵子鱼了。”

他这才慢慢弄明白，不由得也兴奋起来。这时左近的房子里有咳嗽亮灯开窗户的声音，四个人对视了一眼，吐了吐舌头，赶紧吹熄油灯进屋去了。

第二天他老婆醒来还埋怨他，怎么夜里睡觉打屁那么臭？他只好一五一十交代了，又换来一顿臭骂。上得街来，只听街坊邻居议论，怎么公厕满了也没人来掏粪，弄得晚上睡觉都臭醒了。他听了惶恐不安，怕被人发觉，扣上一个要搞臭社会主义的帽子。

等事情过了好几天，臭气基本散去，几个伙计才聚到一块，用一个严实的小瓶从院子的缸里舀出一点装上。掀起封盖，那么一大缸水都变得臭不可挡了。他们赶紧捂严实了，端上这一小瓶“莴萎水”做贼似的钓鱼去了。

他们一路商量，到哪里钓鱼才不会被发现。这东西臭气熏天，弄不好就要搞出事端来，最后他们去了郊外一个人迹罕至的大湖。他们骑车赶到那个偏远的大湖时，已临近黄昏，湖面拢起了一层薄薄的雾气。

除了四周荒芜的林中啾啾的鸟鸣，大湖四周了无人烟，大家想到莴萎的由来，不由得毛骨悚然，仿佛都听得见自己慌乱的心跳。只有他朋友还算镇定，给每个人的鱼钩上缠上一小块棉纱，蘸上莴萎水。

看着远处日落西山，刚开始大家还纳闷，就这样一不打窝二不上铒坐等鱼上钩吗？

可不到十分钟，大家看到了十分震惊的一幕。刚刚下钓的地方开了锅一样，大大小小的鱼像打了鸡血，兴奋异常地挤成一团上下翻滚。平时偌大的湖面，要打窝把鱼逗拢来是非常难的，现在的情形却是他们万万没想到的。鱼们蜂拥而至，像电影里米店前一群无序的饥民你推我搡。这哪还用得着浮子，鱼连钩带线咬住，恨不能连竿都扯到水里。

几个人哪见过这种阵势，慌乱之中扯断了好几根钓线。天还没黑，四个人的鱼篓就塞满了，备用钩线也全部用光，那小瓶莴萎水才用去一小半。大家看着那些仍在水里激动翻滚的鱼，不知如何是好。他朋友说还是快走，万一被人发现不好办，说完把那剩下的半瓶莴萎水倒进湖里。这下可更了不得了，就像一块烧红的烙铁伸进了冰水里，噼里啪啦，只听见一阵急响，鱼群欲仙欲死极度疯狂起来。几个哥们惊得面无人色飞也似的逃了。

抑制不住内心的好奇，四个人第三天又来到郊外的湖边。令他们万难想到的是，上次撒莴萎水的地方，还有不少鱼仍聚在一起，不过都已筋疲力尽，迟缓地摇着尾巴来回逡巡。他们有些不

边陲闲钓　　黄定初 · 纸本墨彩

忍，远远地走开换了一个地方。这次又重复了几天前的那一幕，不过鱼群的规模要小很多，看来上次那点莴萎水把一湖的鱼都弄得很惨烈。大家心下都有些黯然。

然后再相邀的时候，另两个伙计就先打了退堂鼓，传话来说还是平平常常钓鱼好，有钓就钓没钓就歇，那样搞怕损了阴德。既然这样大家也就不提这事了，过了一段日子，朋友弄了一个大瓶来装莴萎水回去。他正为那剩下的大半缸水发愁呢，某天夜里陈年的大缸忽然急响一声裂了，莴萎水就渐渐渗到缸底泥里去了。他终于放下心思，乐得消停。

他说来年院里的桃花却开得惊人的艳丽，走在近旁都不敢对视；只有一群孩子心无挂碍，成天在桃树底下蹦蹦跳跳着魔似的疯玩。

四　鱼泡

鱼在水里游动会舒舒坦坦地吐出各种气泡，尤其在吃食的时候嘴一张一合，会像人一样打出一溜饱嗝。鲤鱼泡碎，鲫鱼泡圆，草鱼泡成片，当然也有水底沼气和水草上冒上来的泡泡。有经验的钓鱼高手能从布满水面的泡泡里，清清楚楚地分出鱼的种类多寡来去态势，那是很高竿的。

隔壁烈士公园的人工湖地处市中心，常来常往的钓鱼人很多，在这儿能钓上鱼的都颇有些本事。天天清早公园管理处的人按例都要在湖里开足马力让摩托艇来回晃几圈，鱼们哪经得住这般恐吓，白天来钓鱼的人交了鱼竿费以后，一般都成了义务饲养员，窝里的食吃光了，咬钩是一摇三摆难得上鱼。

唯一有个人例外，他在人工湖钓鱼从不空手。那是个左手有残疾的其貌不扬的老头。

老头一般是在许多人钓鱼累了一天纷纷起身走人后出场的，那是下午临近黄昏的时候，他喜欢冷清。就那样，有残疾的左手挽个竹篓，右手扶住肩上的竹鱼竿慢吞吞走在了人工湖边。细看他嘴里香喷喷地嚼着什么东西，不停地嚼，却不下咽。

他高一脚低一脚地顺着湖边慢慢地走，仔细地盯着水面。看到几个慢慢前移的泡浮出水面，便迅速从嚼动的嘴里吐出一坨东西，黏黏糊糊地挂在钩上，轻轻地将鱼竿伸过去，把钩放入离鱼泡前两寸左右的水里。一下子浮筒就有了反应，鱼咬钩了，干干脆脆往上一升漂，老头一抖竿，鱼就跟着离了水面，急速地往怀里一荡，正好掉到左手的竹篓里。这些动作，抛钩、扯竿、荡鱼一气呵成，丝丝入扣，配合得那真叫一个绝！而老头甚至连脚都不曾挪动一下。

上了鱼之后，老头并不见出喜怒，仍是顺着湖边往前走，看到鱼泡就停住脚，照样吐出饵料挂上抛钩扯鱼，几乎是十拿九稳，数条鱼钓下来，手都没碰过一下鱼鳞。尽管湖边人少，渐渐地也有人跟着看稀奇了。有跟得多的稍微了解一些底细：“这是上大垄的满爹，最神了，呵，他嘴里嚼的是蚕豆！”这老头听着，回过头来瞪一眼，目光十分犀利，这些人立马就不敢吱声了，拉开距离，远远地跟着看热闹。偶尔有公园管理处的人看见了，也会屁颠屁颠地跑过来，递根烟：“满爹你老又来了？”平常这些管理处的人处处跟钓鱼的人为难，交了钱还跟欠了他们似的。看来他们也佩服真神通：“满爹你老竿子钱就不收了，钓一圈就回去好啵？”原来他们是怕满爹钓得太多。

满爹也不贪，围着人工湖走一圈，真就走了。看他左手挽住的竹篓已经沉甸甸的，满满的清一色三四两的鲫鱼。满爹走了，围住的人还不肯散去。听他们议论才知道，满爹孤身一人，一世专好钓鱼，而且最精钓鲫鱼。早些年在城里专门卖鱼的头卡子，满爹的鲫鱼还蛮有名。头卡子意味城里最热闹的街卡，这些年早变成了宽马路，满爹不像过去那样骄傲地当街叫卖，却还是定点给餐馆送鱼谋生。

我家就住在人工湖边，常盼着满爹能出现，可一两年间就见过满爹几次。估计他来也是迫不得已，年岁大了不能经常走远到郊外去钓鱼，就像临时到附近的银行取款机上刷卡取现，才来人工湖钓鱼应急。以后多少年了，满爹却没能再来。我常常推开窗户张望，满眼里只是渐渐杳去的人声和暮色四合里那一湖蓝绿的水。

五　红军

读书的时候，我曾在一个老年杂志实习，其间采访过一个老红军。他是原红二方面军贺龙的司务长，跟老首长在长征过草地时学会了钓鱼，从此一辈子乐此不疲。

老红军姓黄，高大的个子，八十多岁了身体还很硬朗，疗养院的护士们都叫他黄老。黄老在疗养院里待着，除了向秘书口述一段回忆录之外，成天琢磨的就是钓鱼。也许是战争年代养成的斗争性格，他最好就是钓大鱼。他的客厅里最显眼的位置挂着一个巨大的雄鱼头骨，那是他在东江水库一次非凡的战果。“我跟这鱼搏斗了整整大半天，从早到晚它拖着我的船往前窜，比摩托艇还快”，他指着墙上的鱼骨，眼里放着光芒，充满了自信和骄傲。

几十年的经验下来，黄老也的确成了个中高手。近年来他改进了当地一种“翻板钓”法。“翻板钓”就是在一小块四方的糠饼上绑了铅坠和鱼钩，抛入水中后，糠饼翻过来盖住钩和坠，鱼一咬食就能带翻糠饼，藏着的几个钩就能挂住鱼。黄老自制“翻板钓”把糠饼的尺寸形状和鱼钩咬线的长度都做了调整，最主要是对诱鱼的那一小块糠饼作了深度加工。

疗养院里配发给他们老红军的茅台酒，黄老自己是舍不得多喝的，他要用茅台来泡糠饼。等小块糠饼泡软了，他就点上一个小炭炉，把糠饼搁在铁架上细细地翻烤，还要一遍遍地淋上茅台，顿时整个小院都充满了诱人的香气，让人垂涎欲滴。这哪是给鱼吃的，人都恨不能咬上一块。烤好了香喷喷的糠饼这才是第一步，黄老又从院子的角落里提进来一个臭烘烘的土罐子，里面黑乎乎的水里浮满了青蛙皮死鱼烂虾什么的。他用毛刷蘸着这些东西，一遍遍地又往那些香喷喷的糠饼上刷，再用炭火来细细翻烤。这一下满屋子的香气里又塞进了刺鼻的腥臭。黄老却不管不顾，一个人慢慢地弄，最后才用塑料袋一层层把小糠饼包好。

疗养院出门往东步行约二十分钟，有一个叫鸭嘴山的大水库。黄老这几年都是在这水库里钓鱼，附近的农家几乎都认识，知道他是疗养院里的老红军，见了面很远就招呼，热情而尊敬。黄老说水库里有不少大鱼，尤其是青鱼，大而猛，他精心焙制的糠饼就是专门来对付大青鱼的。黄老笑笑说这里的人很多都吃过我钓的青鱼，你说怎么对我不客气？

黄老在水库边钓鱼，总选个有大树的地方，刚开始以为他是躲在树荫下怕太阳晒，后来才发现他有个奇怪的习惯，用海竿把翻板钓远远甩进水深处后，他竟然拿出一根部队里捆背包的长布条，转身把自己背靠背地捆在树上。他背靠着大树，坐在小马扎上，捆着腰，抽烟喝茶样子十分惬意。看着我迷惑的样子，他说：“小伙子，你不知道，在这里钓大鱼，自己可吃过大亏。有几次都被大鱼生生拽入水中，差点淹死。”“那把鱼竿一扔不就行了？”“那哪行呢？”他坚决摇了摇头，“那就是战士的枪，哪能随便缴械投降？”我不能想象一个八十多岁的老人在水里扑腾着和大鱼争斗的样子。“后来好了，想到了这个办法，”黄老得意地笑笑，“又不碍事，又安全稳妥，背靠大树好乘凉啊。”

大鱼可不好钓，陪黄老坐了半天，根本没有海竿尖吃力弯曲被大鱼咬住的样子，竿和线都纹丝不动。黄老一点都不着急，只是抽烟、喝茶、聊天。“大鱼多精啊，这么多年活下来，和我一样都是老革命，就看谁沉得住气了。”正说着话呢，竿尖的铃铛一阵急响，竿尖一沉，黄老抬手把海竿死死抓住，海竿却急速往下坠，线轮飞速地往外跑线，只听啪的一声脆响，线轮上的线齐根断掉。黄老无奈地摇了摇头：“鱼太大了，就是这样，真是，交手没有一个回合，我们就败下阵来，连鱼鳞都没有看见一片。”

悻悻往回走，黄老说时常一两天好不容易盼着大鱼咬一口，咬了能钓上来的机会却很少，青鱼又是更加的猛张飞，转身就拖着鱼钩往水底窜，扛住前三板斧才有戏；但这样才有挑战性，黄老说，对手都是软蛋就没意思了。

后来我理出一篇稿子，发了，给黄老送过去，他很高兴。约莫过了十来天，他打电话来编辑部，兴奋地告诉我他钓了一条二十多斤的青鱼，请我过去尝鲜。我因忙着实习老师交代的另一个稿子，只好推说要返校了没时间。黄老显得有些遗憾，不过又说替我把剩下的鱼肉熏着，等我寒假回来再吃。我当时听了很感动，眼睛都红了。时过境迁，到后来我再也没有去过疗养院，只在心里默默祈祷，希望黄老研究出更多钓鱼的窍门，更希望他健康长寿。

金井

金井的山水是那样依着地势层层叠叠打开来的。一层山一道水，从翠绿的山巅开始，就这么蔓延开来，一直到脚下的这一大汪绿水，极像一把撑开的巨大躺椅，由这春天的山水缠绵交织而成。

过完老历年的三月中，天气回暖很快，太阳照在身上暖洋洋的。乡下的空气里弥漫着那种湿漉漉的草香花香。

我认识的一个做百货生意的小老板，就住在春天的气息绽开的层层叠叠的金井的山脚下。

我领着“商业街”节目组的一大堆小孩，特地到乡下来见识一下。路边大片的黄灿灿的油菜花、明镜似的碧绿的池水，甚至是惊起的一群山雀，都能引来这堆城里孩子的尖叫。我只是想，现在这拨干电视的孩子太小，太没有外面的见识。

到地方以后，我把叽叽喳喳的孩子分成三拨，一拨由主摄像带着去拍连片的油菜花地，一拨由女孩们结队进山采挖春笋，一拨由我带着去钓鱼。大家纷纷响应，分头走了。只是我这一拨太需要耐心，没多久塘边就剩了我一个光杆司令。

开春了，塘里的鱼特别活跃，纷纷咬钩。只是稍大的鱼都比较谨慎，歇了一冬，饿得头昏眼花，行动迟缓，往往抢不到头食。最敏捷的是我们平时叫“弄子”的一寸来长的小鱼，咬得漂沉沉浮浮，就是扯不起。我好不容易挖的小半罐蚯蚓，眼看就弄掉了一大半，也没钓到几条像样的鱼。心想待会小孩们回来，定会笑我平时尽吹牛钓鱼如何如何。正犯愁呢，忽然想，要是把蚯蚓穿到钩上设法让小鱼咬不进嘴就好啦。左右一摆弄把蚯蚓在钩上穿成环形，扔到水里，果真有效，再没有小鱼骚扰了。

白碎碎的鱼漂静静地悬在碧绿的水里，我静静地站在岸边萋萋的草丛中。岸边湿湿的泥地饱含一冬化开的水，黏黏的，糯糯的，滋养得草丛一片鲜绿。远远的连绵的山的影子和我的影子一齐倒映在池水里。耳边随风送来快乐的歌声，那是长长的山腰上我的小兄弟们在灿烂的油菜地里欢蹦乱跳。空气里全是湿的，柔和的，已少了冬日的凛冽，但这湿决不是雨，只是细细的被碾碎的雨雾。站立良久，你的头发就湿了，你的睫毛就挂了露滴，你的嘴唇就润了。

我的眼睛游离在远山之外，慢慢地就醉了。忽地一下，我握的鱼竿往下一沉，大鱼咬钩了。我连忙一抖腕，把鱼钩住，不紧不慢地。鱼东窜西跳，不一会儿就扰乱了一池的春水。等这鱼累了，一动不动躺在水面上的时候，我的胳膊也酸了。经过这一闹腾，池子里的大小鱼都躲起来，再也不咬钩了。

等我回到屋里，本想炫耀一下钓的大草鱼，哪知道进山回来的小孩们也是收获颇丰，一小篮春笋，一大筐蕨，一包木耳，还有各式各样胡乱来的野草野花。他们兴奋不已，抢着告诉我是谁一脚踢出了春笋，谁谁又找到了长满木耳的枯树，本来还可以采到更多的，谁最坏一声喊有鬼，吓得大家往回跑，某某还摔了个狗啃屎。我见我们那个小小年纪的主持披头散发，满脸红晕，尖着嗓门在喊，疯劲还没消呢。

晚上主人家招待得很客气，鸡鸭鱼肉齐备得很，在我们的强烈要求下，清炒了一盘孩子们自己采的蕨。那蕨葱绿绿的，搁上豆豉、辣椒粉，咽在嘴里，不用嚼，一泡水似的就化了。

吃过饭以后，天色已经很晚，主人家盯不住了，早早上床睡了。我们这群夜猫子，兴头正浓，围在暖暖的灶台边，熬着芝麻豆子茶，在火膛里烤着土豆，一直都不肯散。屋外湿湿的浓雾，渗过门缝挤进屋里，寒气一点点漫开。屋外看门的狗间或叫上几声，透着浓浓的睡意，远远的山上传来了隐隐的回音。这时不知是谁，领头讲起了鬼怪的故事。我不由得想起了沈从文先生写的一个老头和几个歇脚的士兵在火膛边过夜聊天守着自己刚过世的老太太的故事，便把这故事讲给小孩们听了。大家静静地听了，更不敢散了。几个小孩脸都吓白了，他们不知白天那么美妙的乡间，夜来竟是这样空寂无声。

我心下不忍，提议大家重新烧火做夜宵吃。小孩们一齐说好。灶膛重又红火起来，旺旺地逼退了不少寒湿。小孩们七手八脚地忙着，大声说着话，恐惧一下就无影无踪了。

夜宵的主角是我钓的鱼，整条鱼油煎一下，就用孩子们采的春笋和在一起黄焖。这道浓墨重彩的春笋煮鱼出炉后，竟然异香扑鼻，大家用小碗盛着喝，真是无比的鲜美。小孩们纷纷嚷着不够，直吃到锅里剩下一副鱼骨，闹到天色微明，这才散了去睡。

大家沉沉地睡过了晌午，才起身懒懒地扒了口饭。我不好意思再带人这样闹腾下去，谢绝了主人多次的挽留，领着小孩们上车回城。这时天已有些晚的意思，亮晃晃的有些酡红，细细匀匀地抹在远远近近的新绿上，格外地惹人怜爱。我努力地睁着眼，想再多瞧几眼这乡间鲜嫩的春色，一不小心，就沉沉地一觉睡到了长沙。

大鱼

坐在飞机上，降落黄花机场时，我能隐约分辨出那个鱼塘；早几年我就坐在这鱼塘边，手拿钓竿，抬望天上轰鸣掠过的即将远逝的飞机。

我在这种时空转换时很错乱，不知道悠闲钓鱼的是我，还是来去匆忙的是我。而内心深处，如果能抽身躲开忙乱的生计，我愿意倚着钓竿呆坐塘边，什么也不想什么也不干。

那是一个比中秋月饼还圆的池塘。有次宿醉醒后开车去平江，折回来发现了这个紧邻公路的鱼塘。鱼塘在余晖下闪着柔亮的波光，立刻就吸引了我。

塘的对面是个很旧的道观，青砖黑瓦，墙头长满了苍翠的蒿草。暮归的鸟雀往来忙碌，叽叽喳喳互相应答，相邀着钻进蒿草边的窝里，一切像晚归撩人的牧歌。

我和同伴一起走过塘基到对面观前。观门半掩，里面透出一股阴凉的轻风。我默念了一道偈语，试着推开厚重的木门，木门抖了一下，吱呀开了，里面黑乎乎的，半天才看清两厢堆满了成垛的柴草。有一只老猫突地从柴草中立起身来，黑亮亮的眼睛警惕地瞪着我们，少顷腾空一跃，划出道弧线，跳上正面砖砌的神台，再转头盯住我们，仿佛凛然不可侵犯。神台上早已空空如也，只有厚厚的积尘和浓密的蛛网。这时大门又吱呀一声，我们紧张地回头，却是一个高瘦驼背的人站在背光的阴影里。我一身冷汗，迟疑片刻上前打招呼。原来是个老者，须发皆白，样子很和善，问我们有何贵干，我们说来钓鱼的。

老者领我们在道观里走一遭，他和老伴就住在厢房旁的偏房里。道观在“文革”期间被破了“四旧”；观前原来还有一棵如冠的千年老樟树，前些年也被雷劈了。这些年就是他一直看顾着道观。可惜呀，他絮絮叨叨地摇了摇头。这塘也是几十年前老道长关照过的，大旱年间也滴水不少，塘中间有一个常年不竭的老泉眼。

观前的塘水青绿澄净，可能是有泉水渗入的缘故，我心里琢磨，这也许是从前道士们就着泉眼修的长生池，想着想着，连钓鱼也有些犹豫。后来转念安慰自己：也许钓鱼也是一种超度法，鱼由此转入新的生命轮回，总比常年圈在一池浅水里要强吧。

我那时已经用上了很不错的手海两用竿，既有海竿远攻的优势，又不失手竿上鱼的感觉。我把鱼饵远远地抛在了塘中间，火红的立漂好看地漾动在青绿的水中，骄傲得像颤动的公鸡冠。

夕阳下余晖渐浓，晒了一天的田土里开始漫出黏稠的湿气，老旧的道观被湿雾裹着被余晖染着，慢慢显出年深日久的神秘。三三两两路过荷锄的担水的农人，都忙着回家生火做饭。我正陶醉于此情此景，突然火红的立漂一抖直接没入水中，刚一抬竿就觉一股大力往前一拽，我立足不稳，一脚踏入塘中，水一下就漫过了腰际。我还没反应过来，线轮自己就飞快地往外吐线，然后迅速到头，只听啪的一声像鞭炮的脆响，很粗的鱼线刀切一样断了。我站在齐腰深的水里目瞪口呆。火红的立漂不一会儿在远处的水面冒出来，忽又沉下去忽又冒出来，仿佛是鱼摆脱了禁锢的枷锁缴获的胜利旗帜。我只好垂头丧气地爬上岸。

守观的老者一脸和蔼走过来，晚风中一派仙风道骨，他竟做了一篮香喷喷的饭菜拎来给我们，身后还远远站着一个笑意盈盈的老太太。我湿衣湿裤吃着老两口送的饭菜，心存万分的感激。老者笑着说："这塘百十年没干过，鱼大咧，不能急。"

回家一个礼拜，还念念不忘那条把我拖下水的大鱼，还有大鱼身后那个寂静神秘的老道观。周末下午我提前下班，悉心准备了糠饼、备用线、大抄网、夜光漂，要跟大鱼好好斗一斗。

我到塘边的时候，正有两个钓鱼人在收拾渔具要回家。我连忙问他们钓到大鱼没有，一人打量我一眼，说这里鱼可大，一般人钓不上来。听得我心里一阵激动。

观里的门“吱呀”一声，老者推门出来，见到我说了声“又来了”。我塞给他五十块钱，麻烦他再做个饭，他笑呵呵地收下了。

夕阳很快就落下山去，我抛出一个大糠饼打窝，整理好夜光漂什么的，老者的饭也做来了。一阵扑鼻的清香浓浓地溢出来，竟然炖了一只鸡，我说一个人怎么吃得完，老者一乐，抽出两双筷子，又拿出一瓶自酿的谷酒，说陪你边吃边聊看钓鱼。

吃着喝着，天就这么暗下来了，萤火虫一样的夜光漂在渐渐暗黑的水面显出夺目的蓝光，格外透出一种邪淫和神秘。我耐心地等着那条大鱼。

我和老人家都喝得有些多，头晕沉沉的，像黑云里憋住的月亮，恍惚、感伤又有些美丽。老人小声地哼着歌：“驾一朵白云哎绕山岗呀……”曲调婉转，但后面支支吾吾听不大清。他收拾好碗筷，一个人走进了浓重的黑里，随后就传来道观门“吱呀”的声音。我想起那只柴火垛上的老猫，老人老太太和那只老猫都沉入观里无边的透不过气的寂静里。

老旧的道观在黑的夜空里，画出若有若无浅淡的青灰，偶有公路上汽车驶过大灯滑过照亮它某个侧面，惊鸿一瞥露出苍凉和晦暗，一如那须发皆白支吾不清的老人。

这样毫无头绪地乱想，身体被夜气裹着，有些凉，有些慌乱。幽蓝的夜光漂这时却忽地没入水中，打断这沉思的气氛，我猛一抬竿，有了！好重，我止不住心头乱跳。大鱼牵扯着那支闪

洞庭垂钓　　黄定初·纸本墨彩

亮的夜光漂开始在深暗的水底乱窜，摇轮的线被扯得吱吱响。但这次我有备而来，大鱼使多大劲怕也徒劳。

在水底挣扎了半个多小时以后，幽蓝的夜光漂再次浮出水面。大鱼晃动着，后退着，但还是被我慢慢拉近了岸边。它翻起刺目的白肚皮，懒洋洋地躺在水面，就像一只浸在水里的小肥猪。我小心翼翼地收拢线举着竿，抽空猫腰去拿地上的抄网，就在这当口，大鱼猛力一挣，水中一声闷响，夜光漂突地弹到我脸上，白白的大鱼一个翻身钻入水底，我举着失去重量的空竿呆若木鸡。这鱼可太牛了，怕是在观前修炼多年有勇有谋?

我换好钩线鼓足勇气重新开钓，但夜光漂晃在水中央再也没有动荡。我想象大鱼背负夜光漂在水底一路狂奔的样子，极像马路上飞驰而过灯光闪烁的警车，鱼们唯恐避之不及。今晚恐怕再难钓下去了，我收拢摊了一地的鱼竿渔具，顶着夜雾垂头丧气地回家了。

那段时间我心情一片灰败，极力想离开这座呆厌烦了的城市，留下不多的几个遗憾，就有与大鱼争斗的失落。有一阵还为此心绪不宁，终于有个空闲又去了，那是一个晴朗的白云朵朵的上午。

晴朗的天空下，道观残砖断瓦更显颓败；其间大门紧闭，老者也不知踪影。头顶不远处有轰鸣的客机匆匆来去，搅得朵朵白云翻转不停。想不到就几天后我也是从这片天空这些白云间穿行北去的。

我站在老地方，又把竿线抛入塘中央。塘水清且涟漪，我都觉得是大鱼用尾鳍摇起的波纹。白天的鱼很活跃，先后有鲫鱼、鲌鱼、鲤鱼上钩，只是大鱼没有动静。日头渐渐大了，晒得人头晕眼花，我都快盯不住了。就在临近晌午，精力最不济的时候，没有任何前兆，火红的立漂忽地一下横到水面上。我以为是条轻率的小鱼，抬竿一挥，只听“啪啦”一声脆响，钓竿齐腰就折了，手里沉沉的好像钩住了水底的大石头。我当时都傻眼了，这可是花了一千多块钱买的当家好竿。

正心疼嘞，断了的竿却沉沉地开始往外走线，我半天才回过神，原来这回还真钓着大鱼了。我紧握着后半截鱼竿，来回摇轮收线放线，可不能再跑鱼，这牺牲可够大；鱼竿的前半截耷拉着垂到水里，很有些悲壮的意思。

等鱼终于被拖上岸，我都累趴了；这是条一米多长圆滚滚的大草鱼，到主人家过秤时足有二十八斤，我为此付了近两百块钱的鱼资。我问这是不是塘里最大的鱼了，主人坚决地摇了摇头，大概中等吧他说。

我低头哈腰走出农家的木门，心里有些不爽，想着那条更大的鱼，躲在暗暗的水深处，鱼子鱼孙绕膝，正对着肩扛断鱼竿的我独自发笑呢。

老道观紧闭的大门依旧灰败，须发皆白的老者再也不见；我也失去了重新坐回塘边举竿面对大鱼的勇气。

两天后一个晴朗的下午，我坐上飞机从这片天空掠过，努力分辨舷窗下的青山绿水，隐约又看到老旧的道观和圆形鱼池在云层下熠熠生辉。不知道须发皆白的老者抑或须发皆白的大鱼各自在忙些什么。我这么想着，从心底生出莫名的怀念，不禁黯然神伤。

荷湖

那是洞庭湖边一个极小的村子，只有十来户人家。清一色的茅草屋，层层叠叠都排在湖边的堤干上。在这种数九寒天的时候望去，沉沉的一片灰葛色。村子紧邻着的是西洞庭的一片开阔的荷湖，满满荡荡全是荷叶，不过在西北风中大都枯败，和茅屋的灰葛连成一片，只偶尔有老绿色的残荷飘在水面，点缀其间。除了洞庭湖上远远传来的汽笛，湖上村里一片寂静。

我们是随几个老知青回乡探亲的，村里人一派冬闲光景，直接就把我们迎到火塘（地上挖坑烧火）喝茶聊天。相隔多年，大家纷纷陷入各色各样的回忆。村里人越聚越多，火塘边围了里三层外三层。

乡下人最是热情，把预备过年的东西一股脑摆出来。红薯片、花生米、爆米花、芝麻豆子茶、自酿的米酒、自种的旱烟，火塘里还塞进了干红薯、干板栗，不久就传来噼噼啪啪的声音，发出一阵沁人心脾的香味。为主的东家还邀来几个麻利的妇女着手准备饭菜，厨房里忙成一片，砧板、锅子、木蒸笼发出好听的声音，不久就传出一股湿湿的呛人的柴烟味。

火塘边的女人孩子渐渐散了，只剩下十多个男人，大家递着烟，传着喝米酒，脸被火塘的热染得红彤彤的，大家渐渐地都有了醉意，抢着说各自下乡时那些偷鸡摸狗的捣蛋事，主人家都一一宽容地大笑“没事没事”。

临着荷湖，大家聊着聊着，渐渐就把话题集中到如何钓鱼、捞鱼上面了。一个叫六爹的花白胡子的老头慢慢就成了聊天的主角，据说他有祖传的技艺，方圆近百里，都是有名的渔王。

六爹姓葛，六十来岁，一脸黝黑的皱纹一看就是被河风吹被太阳晒的，两眼笑眯眯的，睁开的时候特有神。

葛老头酒量颇大，一仰脖就是一杯米酒。数杯酒下肚，额头发亮，脸上更是神采飞扬。满屋子就听他在讲捉鱼如何如何的故事。这时一个亮亮的嗓音喊过来，厨房里一个大婶耐不住：“六爹，莫吹了，现在都是风鱼腊肉，就缺新鲜鱼，有狠，你现在就下湖捉几条鱼来待客！”六爹笑笑，又是一杯酒下肚，只是不吱声。围着火塘的一屋子人借着酒兴开始起哄，连拉带拽要六爹下湖捉鱼，六爹推搡着不肯，大家硬是把他推出门，推到湖边。这时六爹一摆手，一抖花白胡子，伸手喊：“酒！”大家七嘴八舌兴奋不已，忙进屋弄来一大杯酒，传笑着：“六爹真要下湖了，快看，快看！”六爹在围观的人群里从容脱去鞋袜，卷起裤腿，一仰脖子把一大杯酒喝光，只听一声喊，来回蹦跶了几圈，然后顺着堤坡慢慢试着水深就开始往湖里走。他走得很慢，看起来似乎很吃力。我心想大冬天的他这么赤手空拳地走到湖里，就想捉鱼？岸上人越围越多，有叽叽喳喳地议论的，也有替六爹担心的，喊六爹莫发癫，快上岸来！六爹头也不回，还慢慢往湖心走，大家都屏住一口气。这时六爹忽然转过身，顺着来路急急往回走，速度非常快，一下就走到湖边上了岸。大家都莫名其妙，问：“六爹，鱼呢？”六爹一笑，拍拍手，说：“快进屋进屋，冷！”然后扭头就往屋里走，留下身后一长溜失望的叹息。

六爹独自把湿脚架到火塘上慢慢烤着，端着一杯酒，一副很享受的样子。大家大眼瞪着小眼，望着六爹不知所措。六爹还是笑笑说：“不急不急，保证客人有鲜鱼吃。”大家更不敢坐了，围着六爹站着，仿佛敬若神明，也没一个人敢问了。

大约过了一刻钟，六爹烤好了脚，喝好了酒，问东家讨了一个竹鱼篓挂在腰后，赤着一双泥脚，就往屋外走。大家乌泱一下子跟了上去。六爹又顺着刚才下湖的地方重又往湖里走。这次他走得更慢了，不时在水浑的地方弯下腰，用双手往水下去摸索。不一会儿，啵啦一声，一条大鲫鱼就被六爹双手卡住扔到腰后的鱼篓里。岸上传来一阵欢呼声。六爹在喝彩声中更加来劲了，左一猫腰右一猫腰，不时就有鱼被捉到篓子里。围观的人群啧啧称奇。六爹回声对岸边喊："够了吗？""够了，足够了！"岸上的人齐声应着。六爹在水里洗洗手，背着大半篓鲜亮亮的鱼就往回上岸了。大家忙前忙后把六爹引进屋里，倒酒的，端茶的，端洗脚水的，只怕怠慢了这神仙似的人物。

大家七嘴八舌，盼着六爹把这事说个究竟。六爹满足地洗完手脚擦完脸，又是几杯酒下肚，然后定定地看着我说："今天看着客人的金面，就把这祖传的秘诀说了吧。"六爹咳嗽一下，清了清嗓子，说："我这喝酒有学问啦，酒喝足了，酒气就顺着热气全身走。"然后他顿一顿，一抬脚，说："我这脚板底都是热气腾腾的酒香，你们闻闻。我这双脚往冰冷的湖水里一走，踩在淤泥里又热又香，那些鱼在水里又冷又饿，还不赶紧往我踩的脚窝里挪吗？隔一阵下水，往踩过的脚窝里一摸，鱼还跑得了？"六爹说完，眼睛瞄一圈大家，举着杯又是一口酒。大家忽然都开窍了，轰然称颂，大为折服。

那天的晚饭吃得格外香，鲜鱼被豆豉辣椒蒸着，鲜香甜美，至今不忘。只是席间少了六爹，少了很多趣味。听说六娭毑知道六爹下湖捉鱼在家里正生着气呢，六爹灰溜溜地回家挨骂去了。

甲鱼四篇

甲鱼从前是没有这样登堂入室的显赫。它们在我心目中属鱼一类，只不过样子奇怪些。既然是鱼，是常能钓上的。甲鱼喜荤腥，猪肝、蚯蚓、臭肉都咬之不弃。我第一次钓上甲鱼是很小的时候，一根小竿把一个沉甸甸的四脚乱爬的怪东西甩上塘基，吓得大喊大叫。是父亲赶来，一脚把甲鱼踩住，还很高兴地表扬了我一通，从此我识得了这东西也是不错的鱼。还有一次是读小学的时候，夏天吃过晚饭趁天黑前去钓鱼，那是个圆圆的荷叶塘，钓鱼的人挺多。我把竹竿架到荷叶上转背去撒尿，反身回来，串漂已通通没入水中不见了，我赶紧一提竿，钓上一只一斤多重的甲鱼，一下子引得满塘惊羡。钓鱼的人纷纷说，咱们都不如一个孩子，这着实让我高兴了很长一段时间。再一次钓是读大学了，暑假回家一时兴起，专门做了一些钓甲鱼的插竿。找一些生了锈的缝衣针，穿到有点腐味的猪肝里，用长长的鱼线牵住，再绕到竹板做的插条上，钓甲鱼的专用器具就做成了。我是头天晚上找到一个野鱼塘，放了一排插竿。第二天一大早就赶着去收竿。结果有两个插竿已经不见了，估计是被别人抢先收走了或者是被甲鱼扯进了水底，只有一个插竿还藏在原地的一堆草下。我拔出插竿一拉线竟然纹丝不动。我心想肯定是个大家伙，于是脱掉衣裤一猛子潜到水里，摸到线头，睁眼一看，原来线头缠在水底的一根树桩上，甲鱼是早跑了。这回我明白了，别小看这四脚乱爬的怪东西，精得很咧。

其 一

传说资江边有块风水宝地，因仙鹿驰过而得名过鹿坪。我有一个长辈的远房亲戚住在那里。资江在流入洞庭前，在那里打了个大弯，河弯处有年代久远的宝塔镇住。塔顶荒草萋萋，迎风舞动，极像镇守的仙人飘动的须髯。天气好的时候，塔底常常能见到一两个钓甲鱼的人。印象中他们打扮得有点像七侠五义里的飞梁侠客，黑衣黑裤一身劲装。他们肩扛一根短竿，极像戏文里描写的兵器。那短竿用牛角和柘木精制而成，手柄处有一个车盘，绕着极长的鱼线，竿尖垂着七八个铅砣，每个铅砣间都缀满了鱼钩。江面上的甲鱼一露头，短竿一甩，一击必中。钓鱼人叫他们

“甲鱼佬”，是钓鱼人中的另类，仿佛江湖正宗之外的邪派武功。他们一般端坐塔底，纹丝不动，偶尔用双手互击，发出沉闷的掌音，知道路数的行家说，这掌声很有学问，能穿透水面，鼓荡甲鱼的耳膜，迫使它们浮出水面换气。我小小的心里，当时对他们羡慕得紧，恨不能拜住一个人作师父。

我这位过鹿坪的远房长辈姓王，是一个干瘦掉光了牙的倔老头，有一次进城因为洗澡的事，很和我外婆生了一回气。他说起这些钓甲鱼的人津津有味。他说过鹿坪的甲鱼多，还有听了佛法的甲鱼精。他讲了这么一个事。

有一年秋天，秋老虎还没过，天气热得很，老王头在一个不宽的水渠里挖泥通渠。水渠的水很浅，杂草丛生，老王头就站在水渠里，边挖边歇。老王头有个毛病，最好喝两口，干活的时候腰间总挂着一壶酒，一会儿就得抿一口，还得野唱几句。他正滋滋有味迷糊着，忽然脚板底有些动静，起初他还没在意，正拄着锄头把歇着呢。后来田垄间劳动的几个人看到他，嗷的一声怪叫，撒腿就跑。老王头迷迷糊糊地很奇怪，低头一看，吓得魂飞魄散，一个桌面大的甲鱼正驮着他在田垄上走呢。老王头一路大喊救命，惊动一村的人，大家拿着木棒、铁耙、砍柴刀，终于把大甲鱼围住掀翻在地。大家一看甲鱼的壳上还刻着一个斗大的“善”字。村民顿时跪倒一片，口中喃喃，敬若神明。于是找两根竹竿，把甲鱼绑了抬进村子，敲锣打鼓弄了一夜。第二天又把甲鱼抬到资江边的宝塔底下，恭恭敬敬地烧香放了。

老王头说着这事，见我有些走神，以为我不信，便赌咒发誓，说你婆婆当时都吓晕了。其实我当时心驰神往，想老王头喝着酒，拄着锄把站在甲鱼背上，御风而行，其威风神气也不比张果老、吕老仙差呀。

其 二

我有一个初中同学的父亲是他们老家钓甲鱼的高手，据说深谙其中的法门，方圆几百里无人能及。

同学姓林，父亲有一个绰号叫“林拐子”，意为特别机灵精怪。同学老家的堂屋里，除供有“天地君亲师”的牌位之外，还特别供着“渔神”。“渔神”是个张网捕鱼的木雕像，腰挂鱼篓，神态惟妙惟肖。

林拐子每次钓甲鱼的头晚，都要沐浴更衣，在“渔神”前烧香祷告，恕他捕杀之罪。如此这般，第二天才能出门。

林拐子找钓甲鱼的地方也是很讲究的。池塘一定要是多年未干，水肥且深，塘基好且风平浪静。找到这样的地方后，他口中念念有词，然后一竿一线钓开了。不到一袋烟的工夫，就有一只甲鱼被钓上岸。林拐子摁住甲鱼，在甲鱼裙边用手指掐一个印记，然后又把这甲鱼抛入池塘中。

这以后林拐子接二连三便钓上了甲鱼，这时的他正襟危坐，默然不语，全神贯注。直到最先钓上的那只做了记号的甲鱼又被钓上来时，他连忙扔了钓竿，叩头如捣蒜，口中喃喃称谢，重又把那只做了记号的甲鱼放回池塘。每次这样大都能钓到三五只甲鱼不等。但每年只有在春末夏初才能这样出门一次，否则法门失效，甚至全家遭祸。我想同学的父亲精明如“拐子”，全年的烟酒闲钱怕也要靠这三五只甲鱼，一年到头也不是个松事。

其 三

湖区乡下冬季干塘挖藕，在南方是个很重要的活动。北方也许已下起了小雪，南方却还是阳光灿烂，日头晒得人暖融融的。全村人不分男女，一齐挽起裤腿，光着脚，弓着背，在极大的荷塘里忙开了。荷塘的水早就被抽干了，只剩下满塘枯黄的荷干和齐腰深的淤泥。全村的男男女女一字排开，双手紧握一种丁字把的短铲，齐头并进朝前挖，那个阵势蔚为壮观。

大家手脚不停，嘴里还扯着闲谈、打着歌子，不断有胳膊粗白胖胖的藕被掏出来摆在身后，岸上还有干不动的老头老太和小孩呼喝叫好，奔忙走动，当真是热闹非凡。春节前热闹的日子就数它了。更有些精明能干的，除了挖藕之外，腰间还挂个鱼篓，顺手就在淤泥里捡些冬眠的鱼、泥鳅、鳝鱼什么的，收获也着实不少。

大家兴高采烈地干着，心里盘算着春节里桌上又多了藕啊鱼啊，憋不住的笑绽满了嘴角。前村四十来岁的“麻雀”，更是挖藕摸鱼的高手，大家正干得高兴，“麻雀”突然跳起脚来，惊慌失措地逃上岸远远地跑开了。他气喘吁吁地跑到一个岔路口，碰到几个熟人，连忙拜托他们：“待会儿有个穿裙子的女的追来，你们千万说我往另外一个方向跑了。”然后头也不回地顺道跑远了。不久还真有个穿裙子的陌生女人追来，说有个男的掀了她的裙子摸了她的大腿，问看见个男的跑过去了没有？几个人心里有数，把女的支到岔路上追去了，暗骂“麻雀”这个急色鬼，光天化日之下欺负人。

入夜，几个好事的人寻到“麻雀”家，问白天到底为什么，干了什么缺德事？“麻雀”惊魂未定，说你们不知道，挖藕的时候我碰到甲鱼精了，我在淤泥里摸到了它的裙边和后腿，好在我跑得快。

大家一听倒吸了一口凉气，原来那陌生的女子竟是个甲鱼精？后来这事在村里传开来，“麻雀”唾沫四溅，骗了不少烟酒享用。

其 四

我读初中的时候，外婆家后不远的乡下建起了一个皮革厂，厂里腥臭的黑水流进堤外的一条长沟里。这长沟本是我们小孩钓鱼玩乐的胜地，现在被污水一搅，鱼虾日渐稀少，要钓到鱼是极需耐性的。

有一天中午散学后，我们几个要好的同学顶着烈日一起到长沟去钓鱼。那天日头很大，晒得人晕乎乎的只想睡。大家先后都钓得有小小鲫瓜子什么的，唯独我一条鱼都不咬，窝子里只是泡泡翻来翻去。我盯着浮子都快要睡着了，忽然串漂轻轻地动起来了，咬了很久，就是咬得不沉，一看就是小鱼在捣乱。我不耐烦了，随手一甩竿，哪知鱼竿被沉沉地挂住了。我以为挂住了沟底的草根烂鞋什么的，不当回事，使劲往上拎。拎着拎着，钓竿松动了，一阵剧烈的泡沫翻上来，接着一个拳头大小的黑头伸出水面，一个比斗笠还大的甲鱼浮出水来。那甲鱼头鼻孔朝天，眼露冷光，极像一个大蛇头。它跟着鱼线就往岸边游。我一声尖叫，几个人见状吓得把鱼竿一扔，四散逃了，直跑进校门，才定下心来。从此再也不敢去那有大甲鱼出没的长沟。长沟后来被填了修路，我们心里才踏实，不过也许大甲鱼先知先觉，早就遁去了吧。

雷雨交加

春分前后雷雨就来了。鱼歇了一冬后，饥寒交迫，格外好动好吃。尽管春寒料峭，钓鱼的人还是坐不住，抖落一冬的尘土，把渔具整理好，冒雨就出门了。

这时的天总是阴沉沉的，细细碎碎的雨下个不停，隐隐的雷电也常常蓄势待发，一旦憋足了劲就风雨大作雷电交加，不管不顾地横扫一切。这时池塘边、小港边的钓鱼人，孤零零的一任风吹雨打，战战兢兢，像一只只被吹翻了羽毛的寒鸦。尽管这样，钓鱼人也舍不得离开，风雨中为每一次鱼漂的沉浮费尽心思。

马王堆郊外过了浏阳河不远，有一个小塘，小塘外套着一个大塘，旁边是一个大变电站。那年春天，我一个人骑着自行车去那里钓鱼了。那天雨不大，风也小，算来还是个不错的天气。但那天很奇怪，平常周围田垄里可见的三三两两的钓鱼人一个都不见，远远的马路上行人也很少，只有间或飞驰而过的汽车。我并

独享清风舒，坐钓秋水鱼　　黄定初·纸本墨彩

没多在意，一个人待在小塘边，打下了几个酒米窝子。

小塘虽小，可非常深，塘边两米开外就有近三米深。塘的正中间到底有多深，我还从来没探过究竟。周围的老人说，这塘早年是一口古井，到现在有多少年月，他们也说不清楚。后来井边长了些荷叶菱角什么的，慢慢就成了现在塘的模样。我坐在塘边，看着水边嫩荷上翻滚的雨珠，心里很有些亲切。

塘里打好的几个窝子，只有顶头一个最浅的地方开始咬钩。因为这个窝子正对着田垄上的一个渡水口，流水潺潺不断，春天的鱼最喜欢在这种流水里来回找食了。我左一条右一条不间断地钓上了鱼。鱼很小，大都是不到一两的土鲫鱼，我就这么钓着，不知不觉已到了下午，大概钓了几十条小鲫鱼，拎起竹篓一看，还真不少。这时雨有些大了，风也多了些劲道，吹得我的雨帽呼呼地响。我站起来，挪动一下有些酸麻的腿，便换到小塘靠中间的窝子里来，水比我想象的还深许多，我不得不换了一根长鱼线。下完钓，这么长的鱼线几乎到了头，还没到塘中间水竟有七米多深，我心下有些诧异，好奇心也起了。

我来来回回地挪动着钓钩位置，这时一连串的气泡鼓出水面。我心里一阵惊喜，这深水里难道有大鱼？这时白色的串漂轻轻地抖了几下，然后往下猛地一沉，我一拉竿，咦，什么都没有。咬食不像捣乱的小鱼呀，随后一股浊水从水底升上来。我握紧竿耐心地等着，过了一会儿，串漂突然往回一升，我一抬腕又是空竿。我想是不是鱼嘴太大，钩小挂不住？我换了一根钓食，仔仔细细地把钩线又放进深水里，这次等了近半个小时，串漂终于轻轻动起来了，我耐住性子不动，串漂颤动得越来越剧烈，最后一下全部没入水中，我憋足劲，两手一甩竿，糟了，钓钩就像挂住了一块大石头，突然一下鱼线从中绷断。这时水面翻上来一层浑浊的黑泥，一阵阵的气泡冒上来，在塘中间慢慢散开。一塘的碧水逐渐暗下去，成了墨色，我看着心里开始发毛，呆呆地在塘边竟挪不开脚步。这时忽然电光闪烁，惊得我目眩神迷，雷雨轰然而至，白花花粗大的雨点夹着狂风打在荷叶上，巨大的响声连成一片。小塘的中间顿时像开了锅一样，阵阵的水泡翻出了旋涡，推着那层浊水越旋越大越旋越深。劈头盖脸的雨流进我的眼窝，我头晕目眩，一趔趄差点掉进塘里。这下我猛然惊醒，背起钓竿，跨上单车就逃，鱼篓小凳都不敢反身去拿了。

田野里空无一人，只有白茫茫的一大片雨。我拼命地蹬着自行车，直到对面的公路上才停下来，恰好迎面一辆客车缓缓开过，我才长长地缓过一口气。我心有余悸地远望刚才钓鱼的小塘，早已被茫茫的大雨包裹着，辨不清轮廓。

两天以后我做了一个奇怪的梦，梦见一只老龟后脚直立着，似笑非笑地扯着我的手，一齐沉入那个小塘的深处，仿佛柳毅入水的样子，到处是挤压过来黑沉沉旋转着泛着气泡的水。我惊醒过来，浑身冷汗，一夜不能再睡。

饭食

钓鱼的人对鱼食是很讲究的，半点也不愿马虎。而自己一天要带的饭食却粗略得很，哪像现在钓饲养的大鱼，吃风味独到的农家菜，仿佛是自然而然的平常事。

我父亲和外公那时候可没享过这样的好福。钓的是野鱼，劳顿一天饭食还得自己带。农家的狗得防着，农家的白眼得瞧着，闻得阵阵柴火饭香，肚皮得乖乖饿着。

父亲、外公和我三人出去钓鱼，一天基本的饭食是这样的：赶早起吃一碗面，然后带一瓷缸豆角炒饭，宽裕的时候再带一条菜瓜（现在很少见的一种瓜类，价廉而味差，估计已被淘汰）。走得急时，有时连饭都不炒着带上，顺手拿条菜瓜就上路。

这些饭食现在看来，三人暴走暴晒一日，未免太过简单。而依当时的家里条件，三人一天不干活，还费去两顿饭钱，实在是太划不来了。外婆主家的时候，是要很啰唆几句的。

饭食一般是由外公保管，他年纪虽长，但最能走，也最挨饿，等到他饿了，才叫父亲和我来吃饭，这样才能挺过一天。

但凌晨两三点起来，面是实在吃不下的，胡乱应付几口，白天肚子就饿得飞快。要等到外公喊吃饭，那早就快饿晕了。

饿极的感觉，现在怕是很难得有。那真有点急红了眼，能动嘴的，逮着什么就想咬下。那时吃食好像都有点缺乏，湖南这种鱼米之乡也不例外。你到田间地头的池塘里钓鱼，人家不怕你钓鱼，而是怕你挖红薯、拔萝卜什么的，远远的狗子盯着，人瞧着。

有运气好的时候，恰逢塘里莲蓬熟了或者菱角饱满了，就用鱼竿够着、捞着，弄到岸边快快乐乐地剥着吃，一包水似的莲肉或菱角，含到嘴里就化，那个清香美味呀，至今再难遇到。

可多数的时候是饿着，毫无办法，实在急了，就把荷叶连根拔起，找嫩的藕根来嚼了解馋。偶尔有卖棒冰的自行车推过，远远地瞧见，就像碰到救星。父亲给一毛钱，我高举着跑过去，那糯糯的绿豆冰棒是最能解饿的了。

记得有一次外公也饿了，一条小小的菜瓜早分吃了。到了吃晌午饭的时候，有个乡下孩子就端个饭碗香喷喷地围拢过来看钓鱼。外公看着孩子碗里白闪闪的饭粒，馋得不行，就骗孩子说你给我吃根辣椒萝卜，我就让你握我的钓鱼竿。孩子还真乐意，把碗一放就来抓钓鱼竿，外公趁机多拣了几根辣椒萝卜，给我和父亲各吃了一根。孩子后来似乎看出了不对劲，护住碗生气地走了。过不久，对面竹山里还传来大概是孩子母亲的叫骂声。当时外公怕是脸都红了，恨恨地发誓，再也不钓鱼了。

钓鱼上了瘾，很难回头。只要浮子轻颤，你脚就迈不动步了，肚子再饿，总盼着钓上最后一条鱼。往往是肚子都饿得没知觉了，才起身回家。记得那时候的太阳总是橘红色的，又大又圆，斜在山梁上，像我们一般的疲惫，在天顶晃了一整天，都一样拖着脚步要回家歇着了。

我常常是背着鱼篓，精疲力竭，对着那沉沉的夕阳，想着有清蒸鱼的晚饭，慢慢才能往回走，往家走。

孩儿钓

我的头一钓，应该叫孩儿钓，是在四岁那年的夏天。那年荷叶很旺。

四岁之前，我跟着外公父亲，净干些背鱼篓的事，正儿八经钓鱼是没我份的，直到四岁那年的夏天。

印象中那是一个多雨的凉爽的夏天，赤脚踩着雨后吱吱乱响的泥，走在田间小路上，满野都是扑鼻的荷叶香。那时候自行车很金贵，舍不得在乡里泥路上来回糟蹋，钓鱼大都是靠双脚走路。那天走了很远的路，到了一个两边望不到头的长长的荷叶港边。密密匝匝的荷叶，在阴沉沉的雨气里摇曳，叶盘上大大小小的雨珠银光发亮，来来回回滚动，偶尔聚到一块，一齐摔到荷叶下蓝瓦瓦的水里。我站在水边，差点看痴了。

在荷叶间钓鱼是要有技巧的，竿要长，线要短，窝子要打在荷叶的间隙里。外公和父亲取出打窝用的小竹筒，竹筒里装着香喷喷的酒米。竹筒的一侧用刀剖开，就可像竹夹一样夹在钓竿尖上。父亲把鱼竿伸到好看的荷叶缝隙里，手腕一翻，酒米就分毫不差地撒入水里，窝子就成了。父亲的动作甚是轻盈好看，动人极了。

窝子刚打好，隐隐的雷声就过来了，豆大的雨点打在荷叶上，噼里啪啦从水的两头淹过来。

雨点打在我们的雨伞上，跟打在荷叶上的声音连成一片。我小小的衣服湿了，赤脚上的寒意传来，十分沮丧。

父亲也许看出了我的情绪，破天荒从对岸的茅棚边捡来一支夹草用的竹竿，从外公那儿讨了根鱼线系上，我的第一根钓竿就这样成了。这竿随手捡来，尖也没有，是秃的，但够长够结实。我心里甜滋滋的，双手紧紧握着这根竹竿，直指雨雾里的荷叶深处。

父亲在我竿尖旁随手撒了一把酒米做窝。说也奇怪，我这随手撒的一窝，在隐隐的雷声里，在连绵大雨中竟开始有鱼咬钩。我见惯了父亲外公的钓鱼路数，只见浮筒微微颤动，浮子往下微沉，我憋住劲，忽地往上一翻，双手一扬，一条肥壮的鲫鱼划出圆弧，被我摔到了田垄上。

我扔掉伞，小手紧紧抓住活蹦乱跳的鱼，高喊着“爸爸爸爸！”就往父亲那边跑。我赤脚踏着泥泞，浑身淋得透湿，小小的心里从来没有这么激动过。

父亲和外公都围拢来，做出惊讶的样子，只夸我能干，只差没说年小志高了。外公还特地在我钓的鱼的尾上做了个记号，说看黄波伢子今天能钓好多。我受到鼓舞，顾不得淋雨，欢天喜地地跑回我那边去了。

我那天鱼缘了得，平生第一次开钓，竟得五六条鱼之多，在野荷塘，这算成绩斐然，以后来钓超过这个数的还真不多。从那以后，每次外出钓鱼，我都有资格拥有一根固定的钓竿，跟着父亲外公转战多处，走遍了益阳附近大大小小的乡村，也钓出了我自己独有的滋味。这种悠然自得的生活一直持续到我父亲上调到省会长沙。父亲忙着调动，我一颗心也愈发野起来，成绩直线下跌，家里人就渐渐剥夺了我钓鱼的权利，那时我十二三岁吧。

火起

漫山遍野黄灿灿的油菜花落尽的时候，老家就很热了，白天炙热的阳光晒在脸上，可以炙出一层黑油。夏天密不透风的光与热从此就来了。

这种天气里，钓鱼的人也不会闲着的，顶着烈日照样一动不动地在塘边守候。好在老家的塘里一般长满了荷叶，荷塘满目的深绿能抵消不少炎热。在猛烈的阳光炙烤下，肥大的荷叶渗出一种黏黏的液汁，微风一吹，满塘都是浓浓的荷香，裹在这种荷香被阳光搅热的风里，人不由得昏昏欲睡。

油菜花褪尽，成片的油菜就被齐根砍倒，一捆捆的堆到晒谷坪在日头底下曝晒。满塘的荷香再加上日头底下这种油菜渗出的清香，那是格外沁人心脾。

就是这种时候，外公、我还有父亲，三个人就在荷塘边钓鱼。我们坐在晒谷坪边油菜捆旁，把钓竿搁在荷干上，任由这日头晒热风吹。这时的油菜已被晒成了深褐色，日头底下油汪汪的，屁股坐上去十分舒服。远处田里的农夫，直起古铜色的腰身对我们连喊了几句，声音被风阻断，听起来含糊。我以为是外公在这边乡下钓鱼多，人家远远地看见跟他打招呼。

鱼在这种天气里也很慵懒，对鱼饵爱搭不理，轻轻地咬一下，转身又歇着去了，早上就浸在水里的鱼篓里就几条鱼在慌乱地蹦着。父亲心里有些急，一根接一根地抽着烟，忽然大力一扯竿，不巧连鱼钩都挂在水深处的荷干上。父亲用竿尖指着方向要我脱掉衣裤下水捞。

我那时经常这样干，光着身子晃来晃去，也不以为意，初中以后懂得羞涩，便再也不敢了。

四月底的天热，水里却很凉，我顺着父亲端着的钓竿往水深处走。当我猫腰从水深处连鱼带钩把钓线扯上来时，父亲高兴了：鱼还真不小！脚踩水底齐小腿的淤泥，背上屁股上粘着吸血的大蚂蟥，这是谁也不大在意的事，钓鱼事大，鱼钩鱼线可不能折了，金贵着呢。

外公父亲一高兴得意，随手就把烟头扔在了晒谷坪的油菜堆里。不一会儿，对面忙着干活的农民就大声喊起来了，风一吹，听不大清，我们谁也没在意，一心一意盯着浮子。当几个农民挑着粪桶朝这边跑过来的时候，我们才意识到出了什么事。

我突然脚脖子一阵钻心的烫，低头一看，脚边的干油菜已经着火了。我大喊起来，转过身看，背后晒谷坪里火更大。外公和父亲也慌了神，手边没有任何东西救火心下又舍不得用钓竿去扑，只好和身跳到油菜捆上，用双脚去乱踩。我也赶紧到塘边摘了一张荷叶盛了一包包的水去泼。这时农民赶过来，用粪桶舀塘里的水来浇，好在火势刚起，不一会就被手脚麻利的农民浇灭了。

几个农民汗如雨下气喘吁吁，继而怒发冲冠，大声叱骂我们怎么这么不小心火，后面可是队上的仓库。全队一年的口粮要烧了怎么办！外公和父亲已经是一脸通红，连忙递烟过去，农民一边接过烟往耳后一夹，一边斥责，还抽烟！平时在机关当干部以知识分子自居的父亲已经不知所措了。直到农民骂累了，开始陆续点上烟，用粪桶支着扁担开始坐下来歇气，气氛才慢慢有些松动。外公又上前递了一圈烟，大家脸上有了笑意，开始聊油菜，聊养鸡，聊参军等农村各色大事。

外公和父亲都低声下气地陪着几个农民聊着天，其实我知道他们心里痒痒的，只想赶紧坐拢来钓鱼。我却不管，拿着外公最得意的钓竿，接连扯上了几条鲫鱼，把个农民眼馋得不行。

这时一个叼着喇叭筒卷烟的中年人急急赶过来了，正聊天兴起的几个农民有些慌乱，连忙起身，让出支在粪桶上的扁担给来人坐。那人拿着架子，咳嗽一声坐下，一个不小心，差点从扁担上翻倒。大家忍住不敢笑。那人就问："听说晒谷坪的油菜起了火，烧了多少？"外公连忙上去敬烟，说只刚刚烧起火苗就扑灭了。那人一看就是队上的领导，不是支书就是队长，他在晒谷坪前前后后看了一圈，把手对着那几个农民一挥说："没事了，没事了，赶紧上工去。"几个农民有些不舍，挑着粪桶悻悻离去。等几个农民走了，他说真烧起来，公社民兵是会抓人的。外公小心地赔着不是，最后一狠心把钓的十来条鱼和剩下的七八根香烟全给了这队上的领导。这人磨蹭了好一会儿终于走了。

我们仨赶紧收拾钓竿逃了，生怕来了更大的领导，已经没有什么东西可以敬献。一直快步走到家里，悬着的心才终于放下。

不过后来在外婆家，我竟然几次看到了那个生产队的领导来做客，手里时常拎着自种的烟叶，或是鸡蛋，甚至是鸡婆。外公也十分热情，不知什么时候他们已经成了好友。也许是吃了我们钓的活鱼，太过鲜美的缘故吧。

三节竿

过去的钓竿都是在山里寻的竹子，越细越长越好，砍下来，多在阴处晾些时日，竹子就略略发黄，蒸发了些水分，也就轻了。这时用细细的砍刀把竹子丫杈修理好，再点上小油灯，耐心地把竹节熏软弄直，这样竹子就变成一根面皮金黄点缀着竹节层层黑圈的称手钓鱼竿了。

父亲长年在机关工作，偏又极好钓鱼。那时机关管得严，个人都是组织的，哪容得一个干部闲适自由地钓鱼。干部背个鱼竿进出机关大院或让街坊邻居看见都是很不好的事。

父亲生性开朗活泼，唯有这钓鱼放不下。因此逢到周日，这背鱼竿的活就成了我的专职。因为能不做作业跟着去钓鱼，我也乐得而为之。

背钓竿的程序是这样的：一般是在外婆家，外公是主角，爸爸和外公商量好地方、路线，我就先行出发，翻过城后的防洪堤，在一条僻静的小路上等他们。偶尔也有舅舅参与，不过他那时忙着恋爱，已经很少光顾我们的钓鱼活动。印象中他那时总是被外婆骂着，念叨着，风风火火地骑着辆永久自行车冲进冲出。

背鱼竿的活也有干腻的时候，有时候烈日当头，有时候阴雨刺骨，我发懒不肯一个人背着鱼竿独自走远等人。这时候父亲那个急呀。现在我知道了，那是牙齿恨得痒痒的脸上还得笑着，耐心地跟我说好话。

有一次印象很深，我倔脾气上来了，就是不肯背钓竿先走，父亲好说歹说劝我出门了，我路上还生着气呢，偏就不去说好的地方，翻过防洪堤就往堤背的草丛里一躺。那正是风和日丽的初夏，我眼一闭，枕着钓竿就睡着了。等我醒来，太阳已经偏西，脸上皮都烤脱一层。我这下心里发毛了，可把父亲外公得罪光了。跳起来就往外婆家跑，汗水湿透了我的海魂衫。心里转着无数个念头，怎么撒个谎，混过去，否则以后再想跟着去钓鱼门都没了。

近得外婆家，远远就听见姐姐的哭声，哭得那个委屈呀。姐姐一直寄养在外婆家，备受外婆宠爱，怎么哭了？我悄悄躲到窗台下，仍听到父亲怒气掀天，高声斥骂姐姐：“一个老弟，叫你找了半天都找不到，真是没用的东西。”姐姐好像不但挨了骂，还挨了打。我心里直发虚，咬咬牙，还是哆嗦走进了家，头都不敢抬。一屋人一下没了声息，目光都盯得我的头皮发麻，编好的谎话我一个字也说不出口。

大出我意料，父亲走拢，轻拍我的头，说算了，今天不出去了。我偷眼瞧去，姐姐还恨恨地瞪我，噘着小嘴呢。

那以后一过周二，父亲就会有意无意地向我示好，甚至跟我商量礼拜天去哪里钓鱼比较好，偶尔还采纳了我的建议。我神气起来，更加义无反顾地背起了钓鱼竿。这样造成的弊病就是，我上课常常开小差，既然爸爸问起，我得好好想想拿主意去哪儿钓鱼好呀。

那时时兴的高档钓竿，就是自制的多节竿。把一根鱼竿裁成若干段，再用金属套筒把它们套接起来，这样碍事的长鱼竿就可拆成多节收放自如。干这活的都是厂里的钳工之类，能做金属套筒，铁的、铝的、钢的，最好是铜的，大家得求着，工人阶级在做钓竿上都神气得很。尤其是我那在人民织布厂工作的舅舅。

横竿戏太行　　黄定初·纸本墨彩

黄门三钓客　　黄定初·纸本墨彩

父亲有些书生气，动手能力比我差远了。父亲曾经有一个幻想，对着我认真地说：“哪天我波伢子能帮我做一根多节竿，咯样长子，我往包里一放，自己带了就出得机关门，那我就高兴啦。”父亲边说还边比画着长度，短短的旧公事包那般长。

父亲这一说不打紧，我真记住了这个事。

后来，父亲急得自己动手，把我珍藏的一根鱼竿锯成数截，最后拢不到一块，被我很生了一回气。再后来我也大了，在武汉念书，没人帮他背钓竿出机关门，急了，只有指使我妈我姐和我后来的姐夫干这事，大家都烦得不行。

我终于在一个寒假里，憋在家里想办法，用竹筷从里面把竹竿接起来，再缠上铁丝，像个土套筒，好不容易给父亲做了一根三节竿，收起来勉强可以放在公事包里。外面还下着大雪呢，父亲拆了装，装了拆，试了又试，乐得像个孩子。

寒假过后回学校，就收到父亲厚厚的来信，信中说我做的三节竿好用，甚慰。我心底有些发酸，觉得父亲的快慰来得如此简单容易，正如他们那一代人朴素的快乐。数年后直到父亲病逝，他还没有用过真正的多节竿。现在花几百块钱，碳素钓竿要长有长要短有短，伸缩自如。要是他老人家身体稍好能挨到现在，公事包里揣着这种轻便的小竿，自由自在，轻松地往返机关大门和鱼塘之间，不知会怎样高兴呢。

排钓

南方的江河上，除了船，还有排。

排远没有船轻盈，一大片一大片地连在一起，缓慢移动。也许是太庞大，有时候连片的排停在岸边，一歇就是数月半年，仿佛永远也不会走了。这些排有竹排，有木排，由无数根竹或木捆扎而成，从岸边延伸到江里，宛若一个巨大的水上平台。

停住的排，就是一个天然的水上乐园，尤其在天热的时候，有穿得花花绿绿在排头浆洗衣物的妇人，有在排边嬉戏打闹的半大孩子，更有那些专门在排上钓鱼的人，戴着斗笠，披着斗篷，一动不动的就像雕像。

排上是乐园，排下也是鱼的乐园，夏天排下也许比较阴凉，冬天排下也许比较温暖，可以想象那舒舒服服的水里五光十色的天堂。不过也有造孽的时候，一些胆大的孩子，试图扎猛子穿过排底，稍有不慎便被竹木挂住，再难寻到踪迹。那些做父母亲的

哭天抢地，用最恶毒的语言，诅咒这脚下厚重的木排。不过人已遁去，再难复生。于是这脚下的木排也就更加神秘。有水性好的，真的潜过排底，远远地从江心的排那头浮出脑袋喷出水花，那便是英雄样的人物，连名字也要被多少人记住传颂的。

外婆家有个表侄，我应该叫表叔的，是江边排上钓鱼的高手。每次到外婆家来都空着手，只是背根“车钓”竿，说声“今天请大家吃鲜鱼”就走了。大家见他两手空空，刚开始还不大相信。然而他转背出门，往河边排上一待，一两个小时准能钓回一两条不小的鱼来，似乎河里的鱼是他养在家里水缸的，想吃往外捞就是了。

表叔来的次数多了，大家对他几乎每钓必获的鱼也就习以为常，只有许久未到，外婆还有些念叨：怎么这么久没来，河里的活鱼到底好吃些。听了这些话，外公是要生气的。他和父亲都

是坚定的传统钓鱼者，认为钓鱼必定要有窝子、有鱼饵；鱼儿不咬钩，浮子不动，这哪是钓鱼，哪有钓鱼的乐趣，钓再多的鱼也是白扯。而外婆认为，表叔钓鱼既不要泡酒米打窝子，又不要折腾着四处挖蚯蚓，一条大河随到随钓，每钓必得，自然是技高一筹。激烈争论之后，表叔再来，外公也就爱搭不理的，表叔随手一放的“车钓”竿，仿佛就成了向外公宣战的戈矛。

我也很好奇，仔细研究了那根值得炫耀的“车钓”。钓竿不到两米长，用硬木制成，亮晃晃的似乎涂了很多猪油。靠末端手柄处有一个竹制的车盘，上面长长的绕着很多粗线。线从竿尖穿出，上面挂着一个木制的刷成橘红的大浮筒，形状像鱼漂。而钓钩则极像停船用的锚，不过具体而微只有拳头大小，三个很锋利的钢尖翘着，森然可怖，碰到这样的钩，也难怪，多大的鱼都得遭殃。

一天春雨连绵，表叔来得很早，外婆挂不住地笑，又是端茶又是倒水。外公正在收拾钓竿准备晚些带我出去钓鱼。表叔不该多了一句嘴：波伢子跟我到排上开洋荤去不啰？勾得我心里痒痒的，看着表叔斗篷雨笠车钓，一身劲装，实在令人神往。外公这下可不高兴了，拿眼瞪住我，连拉带拽要我陪他去钓鱼。我这时正心醉神迷，哪里肯依。外公非常失望，一个人赌气背着钓竿鱼篓就冒雨走了。

等表叔喝完茶，我欢天喜地地跟着他往河边停排的地方

走。虽然下雨，排上钓鱼的人却不少，我们走到大片排的中间，表叔仔仔细细找到一个小小的缝隙，就把三角锚鱼钩轻轻地沉到河水里。表叔说，这排大，越靠排中间，来往游动的鱼就越多。他说你看这木浮筒一动，就有鱼碰鱼线了，就看你手脚有多快，一扯就可以挂上鱼。我心想，外公说的还真没错，这不是钓鱼而是挂鱼。这么想着，刚开始兴高采烈的劲，在小小的心里竟然有些消散。

夹着雨势，河上的风有些急，连片的大排也有些晃动。我心里开始不安，这么大的雨，外公那边怎么样了，鱼咬不咬钩呢？表叔握紧车钓，十分专注地盯着浮筒。没过多久，橘色的浮筒晃了一下，表叔赶紧一扯，是空竿，没钓着鱼。接着浮筒醒目地又晃了一下，表叔一扯，还是空竿。表叔接二连三地扯着，我看着渐渐无趣，心想还是外公那边鱼咬钩十拿九稳些。正愁着呢，表叔镇定自若，手握车盘一紧一松一收一放，脸上自是得意地笑了。不多久，一条一斤多的鲤鱼就被表叔扯出水面。我看着鱼在木排上垂死乱跳，竟然有些不高兴，便说冷，催着表叔回去。表叔一脸诧异，还是依了我悻悻地回外婆家了。外婆很奇怪我们这么早就回家了，又说这么大的鱼难得，怎么不多钓会儿。

外公却迟迟未归，外婆和我都很担心，外婆一边骂着这老鬼，一边急得什么似的。天断黑的时候，外公才回，像喝醉了似的步履蹒跚，外婆赶紧过去接鱼竿鱼篓，一声惊叫，怎么这么大

的鱼。大家便围拢来看，只见鱼篓里很夸张地弯着一条大草鱼，足有五六斤重。外婆很高兴，连说这老鬼头回钓这么大的鱼，也不吱声。表叔连声叹服，到底还是你老人家厉害。我看着，心里那个后悔呀，怎么就不跟外公去钓这么大的鱼呢？那钩咬起来，扯起来不知是个什么滋味？可外公默然不语，一点都不高兴，表叔要去拎那条大草鱼，看看到底有多大，被外公一手抚开。晚饭吃得味同嚼蜡，我是后悔，外公和表叔都绷着脸不说话，只有外婆在唠唠叨叨。

后来外婆哭哭啼啼找到我母亲告状，说外公在外面把钱不当数，竟然买了大鱼来骗她，花了多少多少钱，能抵多少日子的用度。再后来，那表叔也很久不来外婆家了。夏天过了，偶尔走到江边一看，那一大片排，不知何时散了，杳无所踪，只有江边滔滔的白水，回复到它原来的面貌。

京城里的河

北旱之地，西边高拔的燕山山脉往东倾斜，渗出水脉沃野，成就了幽燕之城。据史记，一二百年前的北京还是个水草丰茂之地，百余年来的破坏和建设让水脉萎顿了不少。顺着内环跑一圈，你只能见到束缚在水泥堤坝里静静的死水，还有远远的郊外各条徒有其名的大河，干涸的长满野草的深沟。这一切都证明了曾经有过的许多汪洋的水。

多水的过去，留下来一些钓鱼的传统，第一次见着印象深刻的是在故宫北门的筒子河里。那是上个世纪90年代初，宫墙外的护城河还有些清澈的意思，微风起伏，幽深的水里还荡漾着厚厚的水草，宫墙上的角楼也在夕阳照耀的水面上咿咿呀呀地扭动。在这种记忆里，几位老者手把着长长的竹鱼竿在异常专注地钓鱼。那时用的还是白白的碎漂，鱼儿还挺咬食，一会儿碎漂就沉下去了，但扯起来大多是空竿，偶尔钓上了也只是拇指大点的小

鱼。老者们对往来的车辆和行人都漠不关心，只是一个劲儿扯竿上食。很久以后我才走远，回头看看他们，鹤发老者，古旧宫墙角楼，斑驳的筒子河，还十分般配地融到一处。

2000年我辞了公职到京城来晃荡，一天到晚总是闲。有天夜里路过北海公园与中南海相连处把角的桥，一下被惊呆了。桥上靠北海的一边竟密密麻麻排着一溜人，手持长鱼竿在北海里夜钓。那时已有了夜光漂，星星点点的夜光漂把湖水染得幽蓝幽蓝的。更有意思的是，在他们中间朝着中南海的方向还站着两个一动不动全副武装的卫兵。大家在卫兵的脚下弓着身子，小心地递着烟卷吃食什么的，不敢大声喧哗。我初来乍到，更感到卫兵的神圣，不敢多做停留，只是奇怪这种两相和谐的场面。后来多次开车路过，这种情境依然，站岗的钓鱼的两不相干，也许多年来达成了一种默契。

顺着北海往北，河道蜿蜒，就是更平民一些的什刹海了，当然现在这里已经夜色阑珊很商业化了。闹“非典”以前这里是钓鱼的好地方，夜钓的人尤其多。那时的什刹海入夜就很静了，燕京八景之一银锭桥上卖毛鸡蛋的人一声叫卖都传得很远。湖中还有东一处西一处的野荷，入夏以来荷香扑鼻。远远的还有后海那头半大的孩子扑咚扑咚跳入水里的声音和岸上大人怒气冲冲的叫骂声。夜里十点以后，连纳凉的人都收拾板凳回家了，一切都静下来。走在湖边，凉下来的湖风，疏落的蝉声如吹拂的灯影里暗

淡的柳枝，长发一般的飘逸，都让人心里很寂寥，唯有湖岸边夜钓人的点点渔火才让你温暖起来。你可以上前跟隐在黑里的人打个招呼，借个火，聊会儿天，他们会很高兴地跟你说叨，一点也不介意你的外地口音。什刹海里的鲫鱼不少，钓上的鱼比筒子河里的大。夜光漂沉沉浮浮，鱼上钩还挺快。

不过“非典”以后，什刹海突然热闹起来，各种酒吧饭店灯红酒绿起来，帅哥靓女及时髦物件接踵而至，钓鱼人可能没了兴致，消失殆尽。

据说北京城里的这些水，大都从密云水库来。我借住西八里庄的时候，旁边的昆玉河才真正有了一些河的意思，它宽到两条汽船可以对开，这算是京城里的大河了。在汽船卷起的浪尾里，沿河两岸有不少的钓鱼人在努力地垂钓，不过好像从来没见他们扯过一下竿。也许水面太长太宽了。入夜时分，他们大都没有散去，拿出啤酒吆喝着围在一起兴高采烈地吃喝，然后继续钓鱼。他们不用夜光漂，大多用海竿挂上响铃，然后围坐一起聊天喝酒抽烟，样子很是惬意。有回散步路过，正好碰到一根竿头铃铛响，几个人手忙脚乱去扯，钓竿扯得弯弯的扭得很厉害，大家同时喝彩怕是大鱼上了，往岸上一甩，发现是条长大的黑影，手电一照，妈呀！一股凉意从后脑勺直蹿上来，竟然是一条粗大的水蛇，额角还发着幽幽的磷光。那人努力把鱼竿挑到远处，几个人又分头找砖头木棍去打，好半天蛇还在扭动着尾巴。他们看见

我，还不好意思地解释：前几天竿也是这么响的，真钓了一条三斤多的大红鲤鱼。

钓上蛇还不算是恐怖的，那年我在亮马河边还看到了更让人心惊肉跳的事。那是有人约我到亮马河上一个铁皮船上的酒吧谈事，我路不熟提前一两个钟头到了，闲着没事，就溜达到河边看人钓鱼。内城的水跟昆玉河就没法比了，很远就散着一种刺鼻的腥味，水跟绿汤似的泛着泡。可这也有人钓鱼，柳树底下一个两个的坐开来，他们大都用饭粒作饵，还挺逗鱼，一会儿就钓了一条我们叫青皮弄的小鱼。正看着呢，突然几米开外一个钓鱼人一声惊叫，撒腿就跑，一个赤身裸体的人背朝上从水里慢慢浮上来。一会儿警察就来了，警笛声格外响亮，我们这被里三层外三层围住，怎么也挤不出去，我腿都软了，却被迫看了全过程。警察很严肃地问那钓鱼的怎么发现尸体的，钓鱼的人说他发现水边的柳树根上系着一根麻绳，他好奇顺手这么一扯，哪知竟浮上一个人来。果真一看，浮起的人脖子上还绕着一圈绳子，赤裸的背部漫着刺目的白，更衬出漂散在水里的黑发一种哀怨的样子。人群散了的时候，钓鱼人也被警察带走了。我匆匆回了家，打电话告诉约谈的人重感冒抱歉来不了了。

钓鱼在外人看来是休闲养身，实际是面对一潭你看不清猜不透的水，永远也不能肯定将要发生的是什么，永远的未知是钓鱼隐藏的最深的吸引力。

天气好的时节，在这个偌大的都市里跑一圈，从早到晚，你会发现有那么多人沿着城南城北的河在钓鱼，都是那么执着，他们在休闲之外，期待着静候大半天之后，能发生点什么；也许来了一群饿了几天的鱼，也许钓上了一条足以让伙计们说道半年的大鱼，也许是一种从来没有见过的水底生物。

水里的世界永未可知。我在清华园拍外景的时候，碰到一位在园内小河钓鱼的老师，他独自用一长一短两根竿，短竿用混合鱼饵，专钓小鱼，长竿甩到河中间用蚯蚓作饵，他说长竿虽然很少动，但动就有大鱼。他说曾用长竿钓到过快两斤重的野鲫鱼。我当时就想到底是清华园的老师路数对。

北京一冷下来，城里的河水就枯瘦下去，慢慢就冻住了。我最喜欢的就是开着车，在深夜里冒着纷纷扬扬的大雪，顺着故宫高高的宫墙，沿着筒子河，穿过午门两侧高大威严的朱漆门楼，听新雪被碾压的吱吱声，看晕黄的车灯里飞舞如蝶的雪片，感受收音机温暖低沉的问候。京城里一切的河水最终都汇聚这里，沿着筒子河，绕行故宫，顶礼膜拜，像一队队寂寞忠诚的卫士，然后再流淌着四散开去。

不过冬天里，京城里的河已看不见了流淌，静静的水流已被厚厚的冰层掩住。只有勇敢的钓鱼人不畏天寒地冻在河面上凿冰冬钓，远看像战败后坚持在白棋盘上的最后一颗黑子，也许他们觉得更未可知的冰层下的奇迹更有意味。

小鱼儿

连绵不绝的青翠竹山掩映着一所小小的学校，校名很奇怪，叫船民子弟学校。我打小就在这里无忧无虑地长大。

学校没围墙，四通八达的山路通向山峦起伏的竹林深处。校园在两个不高的竹山之间起起伏伏顺势展开。山侧有三个水塘依山顺势而下，大雨的时候，飞流如注，把三个塘高低串在一起，气势蔚为壮观。

我家就住在最高处一个塘边的山坡上。山塘里经常有人钓鱼，坐在家里窗前也看得见，看得久了，心下痒痒，茶不思饭不想，练习字也写得歪七扭八，恨不能立即奔过去帮人扯竿捉鱼。

窗边看钓鱼看多了，耳濡目染，自然就熟了钓鱼的门道。那时条件有限，只好背着爹娘，偷偷摸摸弄鱼钩鱼线。没法买现成的，就跟着大点的孩子学，用大头针弯鱼钩，用棉线搓鱼线，用鸡毛管做浮漂，再胡乱砍一根细竹丫，仔仔细细地做成一根钓竿。

这些绝不能让母亲发现，发现了要挨打的；只有父亲，默然许可，还夸我聪明，钓竿做得不错。

父亲一礼拜回家一次，他在资江河对面的机关上班，一回家，我就可以堂而皇之地跟着他出去钓鱼。

我也学着大人的，从米缸里偷把米，撒在水里做窝，然后把自制的鱼钩穿上蚯蚓。不过窝子里仿佛尽是些青皮弄子（一种小鱼），咬钩很厉害，弄得鸡毛筒做的浮漂上上下下动静很大，让你心跳加速，可就是钓不上来。偶尔钓上来也就是一寸来长。但我小小的心里还是很高兴，毕竟能钓上鱼了。

暮色苍茫的时候，鱼是最咬钩的。这时满眼的竹山雾霭沉沉，各家晚饭的炊烟缭绕其间，一股醉人心脾的柴烟味扑鼻而来。母亲长长短短催促吃饭的声音在山塘间回荡，父亲和我钉子一样在塘边一动不动，我是有恃无恐，只顾着水面的浮漂，期盼稍大一点的鱼上钩。

有次父亲嫌小鱼太多，钓起来麻烦，露了一手绝活。吃完晚饭后，他把剩下的饭菜倒在一个簸箕里，双手握着簸箕，蹲在洗菜的木跳板上，慢慢地沉入水里，手握簸箕一动不动，耐心等待约一刻钟左右，忽地猛然一拉，只见簸箕里蹦蹦跳跳的竟然捞住了十几条小鱼，有的银白灿烂，有的黄白相间，有的紫光环绕，各色等等欢喜可人。我心里那个高兴诧异，从此对父亲敬若天神。

每次捞得这种五光十色的小鱼，我都用大水缸仔仔细细地养

着，每天偷偷地倒些剩饭，希望鱼们吃着能长大。可鱼们并不领情，大半惊慌地死去了。只有一条长着黄斑的小鱼韧性很足，一直活到冬天，终于被冰碴冻住灿烂地死去，像蝴蝶美丽的翅膀。

我在窗边俯视山塘钓鱼人的时候，时常走神想起父亲捞鱼的绝活，便生出对钓鱼人的轻视，这有多费劲呀。可惜印象中，父亲再没有带我一起去捞小鱼，绝活也许总只是灵光一现吧。

绝活没有，我就只好偷摸着用竹竿去钓小鱼，为此挨了不少打。山里竹林多的缘故，惩罚孩子的“刑具”也是用竹枝丫扎成的一束，抽到身上钻心地痛，现在这些独生孩子是很少能尝到这种滋味的。

挨了打，钓鱼的胆子反而更大。一次几个要好的孩子相邀着，说敢不敢到塘中间去钓鱼。我们就一齐划动本来架在岸边洗衣洗菜的木排往塘中间去。结果不知道谁开始害怕，重心一偏，几个人一齐翻入塘里。我直往水底沉，喝了一肚子的水，胡乱伸手一抓，竟然又抓住了木排，否则就要沉入深黑的塘底，永远和那些五光十色的小鱼做伴。我掉了一只鞋，尤其是掉了自己精心做的鱼竿，心里比挨打的时候还难受。

这次事后，我被长时间禁足。母亲白天要教课管学生，又不能让我任意瞎跑，就想到一个主意，找了一根粗绳，一头系住我的脖子，一头紧紧系到床桅上，只准我在绳圈内跑。有回我疯累了，到床上迷迷糊糊想睡，忽然听到窗外小伙计叫我，我一急，

慌张爬起来，忘乎所以就往门外跑，结果被粗绳当场勒翻在地，差点晕死过去。我母亲当时挺年轻，的确没什么经验，被隔壁的大妈大婶数落得抬不起头来。

这以后我就常常赖在保姆家里，有时周末母亲来接我回家，我还爱搭不理，记得她还急哭了。保姆老两口是学校的临时工，大家都叫他们“向爹向妈”。宝庆人，无儿无女，就住我家山坡下的土操坪旁，对我特别疼惜。我的第一个玩具——带小人的飞机模型就是他们花七块多钱买的，那时大家的工资也就二十多吧。我还执拗地每天早上要把憋了一夜的尿撒到盛水的大缸里，然后向爹向妈才开始清理水缸，向爹去挑水，向妈生火做饭。

向爹还帮我特地捉了一条好看的红鲫鱼，用专门的玻璃鱼缸养着，我记得一直养到他们离开的那年冬天。我捧着小鱼缸，跟着母亲送他们去坐长途汽车回老家，他们哭了一遍又一遍，小红鱼在冻住的冰水里还活着。听说向爹不久就过世了，很多年以后，九十多岁的向妈独自一人从远远的乡下进城来看我，看我长大了是个什么样子，可惜那时我在武汉。然后就再也没有什么确切的消息了。

保姆走了，我也要开始读书了。

第二次沉入这个熟悉的山塘里，是我妈的一个学生逗我，抓住我突然往水里一扔，然后再跳入水里把我捞上来。其时我已

经挣扎着喝了不少水，看着我胀鼓鼓的小半肚子水，这个学生脸都吓白了，求我千万不要告诉我妈妈，并许诺为我做一根新的钓竿。我翻着白眼胡乱点了头。后来学生真帮我做了一根很棒的钓竿，还带我上了他家的大机帆船，看了船上的电可以麻翻鱼；这都让我在小伙伴面前吹嘘了好一阵。

多年以后，我再次回到这让我魂牵梦绕的小山塘。奇怪的是，塘大幅缩水已变得很小了，大异于儿时的情境。小小的塘夹在矮矮的山包之间，不知如何能容得下那么多美好的记忆。我任由山风吹拂，低头默想，不知所措。

也许小小的我，看着这些小小的物事，在那时都是一片大大的世界吧。

有大鱼

月亮就这么无边无际地漫过来，吃过夜饭以后，它就从山壑里、丛林中、地垄头这么漫过来，无声无息地笼罩着山腰上这块土坡。

漫漫的长夏夜，人们七七八八地散落在这土坡上纳凉，有摊竹床的，有铺凉席的，有坐躺椅的，四周一片噼噼啪啪蒲扇赶蚊子的声音。偶尔有人懒懒散散地说着话，隔着几个床和椅那头的人有一搭没一搭地应和着。

月光在这种时候就慢慢地把人包裹起来，弄出一层层白天看不到的美妙的剪影，曼妙不可言状。山间的雾气涌来，仿佛就托住了人的腰肢，就要漂动。言语在月光里过滤后，也变得柔和可人，只哄得人想沉沉睡去。

间或有小孩神完气足的哭声刺过来，让人头皮发麻，又立即被妈妈们的奶子塞住。还有搅人瞌睡的菜香飘来，和着响亮的喝稀粥的声音，肚子里的馋虫被勾得翻来覆去地不肯止息。

月亮在淡淡的丝一般的云里走，像涨满风欠着身子走的船，云絮时而有些急，像间或湍急向后奔走的流水，隐隐的破水声似乎就要从天上泻下来，而泻下来的是酽酽的白闪闪的光，打磨得这满世界银灿灿的。坡上纳凉的人的影子也在这些光里被逐渐延长，和山头竹林的影子连成一片。

土坡侧面不远是一个土坝筑起的小山塘，在光影下明镜似的漾动，吐着润润的毫光，偶尔能闪过来耀人眼目。月亮在塘水的中央被反反复复地拉大，塘的四周被隐进了林子的暗部。

四周的声音都被渐渐隐去了棱角，远近有鼾声糅进来，纺织娘、山雀儿、蛙们的叫声也慵懒地加进了些许睡意。夏热减去了不少，山风徐来，多了些凉意。大家屏住声息，等着一个美滋滋的酣睡。

忽然一阵急急的泼水声从土坡侧面的山塘传来，土坡上的睡意和寂静立即被撕了个口子。大家纷纷坐起身露出惊讶的神色。又一阵更急切的泼水声传过来，大家的脸上更张皇。一两个小孩忽然惊醒哇地哭开了，紧张的气氛逼上了脑际。一个半大的孩子，尖叫一声“落水鬼呀！”，噼噼啪啪踏着鞋跑远了。一些人开始收拾竹床竹席往家跑，杯子、碗、茶壶相继被打翻。

远看山塘那边，满塘的水光大乱，一阵紧过一阵的捣水泼水的声音尖利地传过来。几个胆子大的人一起吆喝：“谁？找死吗！”不甘寂寞的女同志们胆战心惊地议论开了：“真的胆子大啦，咯多人，阳气咯旺，它们不怕还要显威风。”“怕是水猴子？”“前年不是淹死了两个人咯。”“落水鬼要投胎吧？”这些声音和挣扎着的泼水声灌到耳朵里，让人毛骨悚然。眼前刚才还亮闪闪的月光一下子暗了下去，冷冷的透出无比的阴凉。土坡上歇凉的人一下子走了大半。

这时一个平时教体育的姓“帅”的老师，猛地跑出人堆，在山坡的菜地里找出一把二齿耙头，叫道“老子不信邪，倒看它是个么子鬼着”，举着二齿耙头一阵风似的就往山塘那边跑下去了。不久就传来更大更响的泼水声，仿佛一阵激烈的搏斗。帅老师的喘息声和粗粗的骂娘声也清晰可闻。忽然山塘那边一切都归于平静，我们心里一阵发冷，完了。忽然帅老师惊喜地喊起来：“有大鱼！是条大鱼！”大家一下子没回过神来，不过脸上的气色渐渐活泼了。

不一会儿帅老师费力地从山塘那边爬上了山坡，背上的耙头尖齿上凿着一条银晃晃的大鱼，大鱼的尾巴还在挣扎着乱晃。

帅老师得意地把耙头一甩，大鱼就滚到地上，银灿灿的一摊。围着的人一片啧啧赞叹。“原来是这条大鱼渡水卡在水沟里了，”帅老师说着，一派胜利者的口气，“我几耙子就解决了它。”我那时还小，不懂得帅老师借此赢得了多少年轻女教师的青睐。

不过，第二天每家每户都分得了一大块帅老师送来的鱼肉，包括那些夜里被吓跑的人家。那鱼到底有多大已记不真切，印象中只有月夜深沉时“有大鱼！”的呼喝。

国境之南

得不停歇地一路向南，从广东境内最南的徐闻渡过琼州海峡，更加绿茵茵的一大片陆地那才是海南岛。

有一年深夜，深圳的堤洪君来电话，要我猜他在哪里，我睡意已浓，就格外茫然，他告诉我在最南的徐闻，要我听电话里海浪的声音。他告诉我海峡那边还有更南的海南。

但是以后从北往南过徐闻渡海，还真的总是在深夜，那种迷雾蒙蒙，那种潮湿，那种隐隐约约的海浪声，都是好朋友电话打来的那种味道，再不曾改变过。

最早对海南的印象，是看孔捷生的《南方的岸》，觉得海南很远，但是那里的歌总是撩拨人心，《我爱五指山，我爱万泉河》《万泉河水清又清》《请到天涯海角来》……说真的，我就是开着车，听着这些歌声，挤在各种热带味道和一个字也听不懂的满满荡荡的海南话中渡海而来的。

1998年第一次到海南是飞过来的，完全没有这种感觉。海口除了新鲜的椰子树外，似乎还有满大街的东北碴子味，“德莫利炖鱼”“大丰收”的招牌到处都是。

海南台文艺部的主任也是东北哥们，他须溜溜地喝着碴子粥，灌着小二，告诉我们屯昌有个魔鬼歌女，从小失明，没上过学，唱歌却好比天仙。我们立即对去三亚玩失去了兴趣，决定直奔屯昌。

屯昌乡间歌风甚浓，马路两旁，隔不远的椰树底下，就有一堆人围着个碟机电视机卡拉OK，声音极大，带着丝丝的破音在椰林间穿行。

我们就在一株椰树底下找到了阿珠，她在给老板帮场唱歌挣钱。阿珠黑瘦清秀干净斯文，谈吐自然清晰，与印象中畏畏缩缩的盲人大是不同。

她的歌的确动人，《泰坦尼克号》的主题歌，《掌声响起来》，歌声袅袅，很难相信是从一个盲人嘴里唱出来的。

于是我们在椰子树底下像被雷劈中了，巨大的成功的喜悦烧灼全身。那一刻阿珠和她的歌声让我们看到了成就巅峰的希望。

在阿珠家破旧的祖屋后浓密得透不过气的绿色里我被鸡蛋粉丝火锅里的一粒绿豆大的小红辣椒辣得半边脸都麻木了时，我便下定了决心尽自己最大的努力把阿珠带出这荒野的村落。我们在长沙组织了募捐，当她在空旷的舞台中央的聚光灯底下唱起《掌声响起来》时，我坚定了自己的信心；我们把她送去上海治疗眼疾，当她在飞机上唱起歌打动了航班上所有的乘客，当她在手术前面对上海滩的所有媒体唱起《我有一双黑亮的眼睛，但我却看不见光明》哭倒一片女记者时，我觉得自己的努力没有白费。经过治疗，阿珠的双眼恢复了一部分光感，她非常兴奋，说能看见五彩的世界了。其实医生说她就是先天性的白内障，年幼时耽误了治疗的时机，所以错失了这缤纷的世界。

我们帮阿珠请来了著名歌唱家李光羲做导师，想把她推向全国；甚至计划让她去白宫草坪给当年的美国总统克林顿唱歌。谁能说我们不能打造一个轰动世界的盲人女歌手呢？可惜当年建省不久的海南远没有现在这么开放，也许是面子上挂不住，一个海南女孩怎么要到湖南募捐到上海治疗呢？各种压力纷至沓来，阿珠最后茫然回家了。我们种种宏伟计划随即统统泡汤。

五年后，我和阿珠在上海东方电视台的台庆晚会上相遇，一起面对成千上万的人讲了些感动的话，她还是亲热地叫我黄大哥；再后来听说上海东方电视台又邀请了她到上海出席纪念活动，也听说她终于在海口安家。记得当年有个瘦瘦的年轻小老板时时刻刻伴随她左右，似乎是暗恋她的，不知道最终结局如何。总之，祝愿阿珠幸福，祝愿这个当年承载了我们许多梦想的姑娘永远快乐。

就这样海南在我心里留下一缕瓜葛，也留下一点再也抹不去的印记。其间不断有海南的消息传过来，有房地产的崩溃，有多少人的撤离，也有人调去做官。我妈有次旅游回来还告诉我，好像是亚龙湾那边的烂尾楼，只要十来万一栋。只是这些我再也没有留意过，直到2006年在崇明岛上碰到了海南来的老黎。

刚过完春节没多久，我和坚哥就开车从长沙一路赶往海南。拐过湛江再往南时，已经是深夜，坑坑洼洼的国道和对面大车的强光都让人很抓狂。终于到了徐闻海安码头时，那种陌生的咸腥的清凉的海峡味道浓烈地涌过来。我便在渡轮上沉沉地睡去，四周包裹着叽叽喳喳、或远或近浓密的人声和酽稠的海上蒸腾起的夜色。

老黎已经在海口这边的秀英港等了我们很久了。从此老黎几乎总是在深夜的海港边等我，那个单瘦的热情的镜片闪着光的夜里的身影，似乎定格在这遥远南国的海岸边。

虽然只隔着一条几十公里宽的海峡，我的户外靴子里已经热得可以倒出水来。等再往南到三亚的时候，我已经脱光了膀子开车，那又是一个真真切切的夏天。

这种火热劲就此留在心头，挥之不去，与海南的缘再次纠结蔓延。我拜托老黎帮我在海口找房，他听了我那些古怪的要求，劝我不如在他们老家文昌找块地自己盖。这正合我意，于是我们跑遍了文城、谭牛、抱罗、大致坡这些大大小小的村镇，可惜总归不如意。大半年后老黎忽然给我打电话，说在一个叫文教镇的河边找到一块很不错的地，说是偶尔陪同学下乡钓鱼碰巧遇上的。

我激动得不行，赶紧订票往这边赶。老友曾珊、谢谨生怕我脑子发热吃亏，就连夜陪我飞海口。第二天老黎陪我们到文昌文教镇的时候，已经是落霞满天，一条大河静静地淌在眼前。老黎约来一个胖胖的十分老板模样的叫三哥的人。他随手在河边长满野草和木马王的沙地上一指，珊哥的眉头就皱起来了，然后我的生活和旅程就紧紧地和这个叫文教的地方纠缠在了一起。

曾珊平时我们也客气地叫他三哥，应该说是珊哥，他和老谢看不上这么乡野的地方，在旁边碎碎念，我却已经走远，早被前面几个在河边钓鱼的人吸引。他们说着根本听不懂一个字的本地话，鱼竿却不停地扯上鱼来。我有些呆住了，在内地河里，守半天经常鱼竿一动不动，可在这河边，这样的上鱼速度，也太梦幻了。细看下，鱼饵还是蚯蚓，只是粗大黑长许多。还有两位老叔，黑黑的脸在快落下河畔的日头下闪着油亮亮的光，他们竟然不用鱼漂，直接用手把竿，不时一抖，就甩上一条鱼。鱼在沙地上激烈地扭动，背脊的刺张到最开闪着蓝光，原来是比大陆见过的大了许多的罗非鱼。老头们都很骄傲的样子，不太爱理人。用很蹩脚的普通话应付我一句半句，更逗得我心里痒痒的。

于是在这傍晚的，有着凉凉的腥腥的风有着七彩的霞光的河边，我下了很大的决心：再不济，也能随时随地钓鱼吧，地买了！

在朋友们的反对声里，我第二天就交了预付款；其实我也生怕自己反悔，毕竟那对我来说可是一大笔钱。当我在上海收到三哥寄来的土地证时，终于安下心来，梦想到底照进了现实——我可以随时随地在三分钟之内下竿钓鱼。这太让人心醉了。

当我带齐长长短短各式钓具，我妈连一壶油一个旧的电饭煲都死劲塞进我那可怜的快爆棚的车尾厢时，我和我舅、三哥，终于磕磕绊绊在深夜又开车到了徐闻，那种咸的腥的潮的雾一样的味道再次包围过来。从此我便开始了与海峡那边那个城那片地那条河反反复复的纠缠。

（一）　文教河

最近这次春节，掏两百块钱油费，请一个相熟的当地捕鱼的小哥们，开他的渔船，就从我们家门口的码头下水，逆流而上。顶着中午灼热的阳光，回望我家的小黑楼和老聂家的小白楼，竟是那样陌生的漂亮。走在河中央，在突突的柴油机躁动的轰鸣声中，才觉出文教河的阔大。越往深处走，两岸渐渐呈现出一种绝无人迹极其原始摄人心魄的美，层层叠叠墨绿油亮连绵不绝攒成一片的热带林子，掩藏着无尽的时光岁月，偶尔闪出的空地，间或有懒散的牛们漏出来，黑白的眼眸一瞥，便又继续低头吃草，仿佛天地间日子就这么幽幽不息恒定前行。

当然，刚来文教镇是不知道有这些妙处的。我们住在文教河桥头右边的华新宾馆里。当时只觉得宾馆的林姓老板挺拔帅气很有点费翔的样子，态度又格外谦和有礼，便停车住下了。当我从车尾厢搬出大大小小的钓鱼工具时，只觉得林老板的眼里闪过一阵夺目的亮光。

只是马路边的房子睡不踏实，彻夜都是载重卡车冲过桥头的轰隆声，震得床铺都发抖。于是我每天都得努力睁着一双没睡醒的红眼睛，到对面的茶馆吃早餐，到对面的小车站的夜市摊借锅灶做晚饭，然后再回宾馆一楼的过堂里向林老板讨杯茶喝，有一搭没一搭地看电视闲聊。

大家熟了以后，才知道林老板的名字里有个“英”字，大家都叫他阿英。他是本地人，老家就在文教河对岸密密麻麻的林子里。早些年还在日本留学打工，难怪身上有种不同于镇上人格外谦和的味道，比方他要从你坐的凳前挤过去，就会弯下腰身，扬起手板，口里啧啧连声，瘦长的身体尽量侧着，低眉顺眼，姿态像极了要急急回家抱窝的小母鸡。

我们聊得最多的是钓鱼，互相交换了很多内陆和海南岛不同的钓鱼方法和经验，当然还有很多吹牛打屁的故事，估计聊完了，大家心里就剩两个字：不服。我送了一些湖南带来的小钓具给他，他也送我一些自己做的钩啊坠的。尤其那钩极大，应该是我从来没用过的二十号钩，嘴线还细心地用医院的输液管裹着防咬，这到很久以后我才明白其中的用处。这样大家就慢慢成了朋友，我仍然叫他老林。

宾馆夜间太吵，又没法做饭，我们只好又拜托本地三哥租下一个民房，那是老邢家还有他外向开朗的王太太；大家后来都熟成了不错的朋友。

尽管住到老邢家，但我几乎每晚还是会溜达到老林的宾馆里喝茶聊钓鱼。有天早上我们在河边茶店边吃粉汤边钓鱼，半个小时就钓了小半桶，可能是茶店河边剩菜剩饭多的原因。老林碰巧见上，也急急忙忙拿根鱼竿凑热闹。然后连连摇头说，这里的鱼太小，水脏，下午带我们去下游的河里钓大的。文教河钓鱼就是这样开始的。

刚吃过午饭，老林就急匆匆地过来寻我。他带我们去的文教河下游。后来看地图才知道就是小海八门湾的源头。靠河边有一大片虾塘。顶着很毒的白太阳，好不容易走到河边，迎面跑来的却是两条硕大的狗，一条大藏獒一条大狼狗，都闷闷地不吱声，只拿轻蔑的眼光盯住我们。我心里一阵发毛，狗那大嘴一口，估计我们的骨头渣子都要碎。老林嘴里弱弱地不断叫着“丽丽”，大约是狗的名字。正尴尬，虾塘的老板钻出河边的小屋，吆喝住狗，亲热地和老林打着招呼，连声说：“来钓鱼了，好好好。”

主人赶紧把狗拴好，我们才安心下到河岸边。老林的动作很快，一会儿就支起了两根竿。他钓鱼不用漂，竿支在树枝上，线绷直，估计是看竿和线的松紧程度来判断是否有鱼咬了，这和我们内地看漂一目了然区别很大。

鱼窝用他们当地喂鸡的一种颗粒饲料，闻起来腥味很浓，老林说罗非鱼最喜欢这个味。半个多小时过了，还没有鱼上钩，老林就嘟哝着是不是要换地方，我劝他耐心等等，半个小时在内地钓鱼才刚开个头呢。

正说着，老林开始上鱼，都是巴掌大小的，一条接一条，把我的眼都晃花。好在我的星漂也开始动起来，慢慢地往上一翻，入手挺沉，噼里啪啦，用网兜抄起来，蓝汪汪的，足有一斤多。老林看见，大声说，这么大的咸水罗非最好吃了。

那天下午我们收获不小，我钓好几条大的，惹得老林很眼馋。两条大狗也围着身后转，盯着在岸上蹦跶的鱼，眼神柔和起来。上鱼慢下来，我们都把竿支着，歇着手抽烟聊天。我分神去拿打火机，刚点上烟，竿前的星漂忽地一下全没入水里，我还没反应过来，鱼竿啪地从支架里被扯出，迅速被拖去河中间。老林赶紧跑过来，看着河中间游来游去的鱼竿，束手无策。好一阵，鱼好像也累了，扯着鱼竿晃晃悠悠往河边密扎扎的灌木林游去，然后鱼竿被卡住，再也没有动静。老林问房东要来一大块泡沫板，努力往河岸划了过去。他个子高瘦，战战兢兢的样子活像一个长脚圆规。终于划到灌木丛，他扯起鱼竿就大喊："鱼还在。"接着又喊："鱼跑了！"我都呆了，心想只要竿在就好，那可是上世纪90年代的极品鱼竿，跟我走南闯北，真正的钓鱼无数。

老林回到岸上，连声说可惜，肯定是七八斤以上的大鲳鱼，其他鱼绝没这么大力气。他那张帅气的像费翔的瘦脸在河面反射的影影绰绰的水光下更显得懊悔。

后来为了这种大鲳鱼，我们又专门跑来一趟。老林还特地准备了钓鲳鱼的饵料，叫上他弟弟、弟妹和小孩一大帮人，仿佛准备看钓大鲳鱼的表演。可惜那天下午，没有鲳鱼，仍然是老林钓的鱼多鱼小，我钓的鱼少鱼大；连他弟弟的小女儿也问，怎么那个叔叔钓的鱼那么大。反正回去的路上老林一脸的不爽。

顺着河岸往上不远，有一个狭长的小岛，正对着前面的拦河大坝。老林能熟练地找到系在岸边藏在树丛里的小木船，他仍然像圆规一样站在船帮上撑船。

后来才知道老林不会游泳，怕水；也知道他特别怕狗，和我一样。只是为了朋友，为了钓鱼，那就得挡身在前，这也许是老林这种文教人格外淳厚的一面。

这个小岛好像并没有名字，只是哗哗地划着小木船上岛是很难忘却的美好记忆。

第一回上岛，迎着拦河坝那边吹来的轻轻的凉风，阳光细细碎碎地洒在波纹漾动的开阔河面，心里很想唱点什么。我也开始学着老林用两根钓竿，发现这还真不轻松，手忙脚乱下来，脑子都疼了。那天我舅舅独自一人在岛上深处的林子里钓，结果只有他钓的鱼最大。

海南一般近海的河边都长满了红树林，密密扎扎铺天盖地的绿，要找到一处稍微开阔能伸竿下钓的地方非常难。我们沿着小岛前后走一圈，只找到两个钓点。头上这一处，可能是因为涨水冲刷，把几米长的一段岸基连土带树都塌进了河，形成一个山崖上的开阔地。因为有密密的树丛塌进水里，所以有不少的鱼都在这里憩息觅食。有一次我和房东老邢过来钓鱼，我直接钩住了一条鲶鱼的尾巴，鱼噼里啪啦在水里乱窜，怎么也拉不上来。老邢急急跳下了陡坑，用鱼护把鱼兜住。鱼是抓住了，老邢的腿上手上被三角刺挂出了一道道的血丝。

那个多雨的冬季，我们经常来这岛上钓鱼，反正不是老林就是老邢陪我。常常是老林在岛的这头，我就在岛的那头。

有次老黎他们兄弟俩也过来了，我钻进岛深处，走了很远，找到一个新的钓点，那是跨河的一个电线杆架下小小的一面沙坡。太阳也找到了这一小块空地，劈头盖脸地晒下来，我一会儿就燥热难当，正想躲进树荫处，浮漂却动了，干干脆脆地就往上一翻横在水面上，我一扯，竟然是一条两斤多的大罗非。当老黎兄弟俩举着根扯断的鱼竿喊着黄导黄导找到我的时候，地上已经被我甩了亮闪闪一片罗非鱼。

后来上岛，我总是守在这儿钓，老邢有些不服，有回就带把砍刀，硬生生从隔壁的树丛砍出一道缺口，结果他鱼没钓到多少，却被海棠树枝上的红蚂蚁咬得全身红肿。我照样钓了不少，用一根新买的鱼绳把所有鱼穿成一串，系在小木船上拖回河岸，就像一大串鱼跟着小船自己游来的，很好看的样子。

有一天天气特别的好，我和老林又约着上岛。等我钻进林子深处时，忽然狂风暴雨大作。我走在那阴冷黑密的树丛里，心里莫名地紧张起来。走过一个塌掉的小石屋，看到一个黑黑的陶罐，心里更加地忐忑，怎么平时都没见到这些呢。我在那面小沙坡上钓了两条鱼就有点坐不住了，总感觉背后冷风飕飕的，赶紧起身往老林那头跑。

那天我们感觉都不大好，相顾茫然无语。等得最后一次上岛，我开着车，却发现岸边要穿过的一个种植园关了大门。可能是雨天的时候，四驱车把人家园子里的路刨出了大坑，人家干脆把园门关了。老林带我从旁边的铁丝网上爬过去。他个子高，两条长腿，几乎踮脚就过，我这三寸钉可费了不少劲。当我们钓完鱼再翻回来的时候，一个当地小伙骑个摩托赶过来，恶狠狠地骂开了。平时特别柔顺的老林涨红着脸，和小年轻争执起来。这是我头一回，也是最后一回看到老林红脸，估计他是怕我这个外乡人受了委屈。从此以后，我们再也没有上过这小岛。

小岛往下，顺着文教河就往八门湾走了，河水愈加幽深，开始泛着海的波光，两岸的红树林也愈加浓密，后来看介绍这里是世界上最大的原生态红树林带。林子深处有一个叫水吼的村子，

秋江垂钓不羡鱼，横坐草船观烟波　　黄定初·纸本墨彩

当地人的发音是“奥腿”。这里在明代出过一个叫邢宥的大人物，官至都察院左御史，以清廉公正闻达朝野。用长沙赞美人的话，的确是“奥腿”。邢公的祖居至今保存完好，时下还有后辈子孙聚居，只是门口高挂了谢绝参观的牌子，我们不好意思入内。

紧挨这里就是老林的老家溪西村。那天约好了先去他老家看看，再到河边的红树林钓鱼。海南乡下的村子一般都极干净漂亮，和内地正好相反。一般长子长孙，稍微宽裕一点的，都要竭尽所能在老家村子里盖一个祖屋，供奉自己的老祖宗，平时闲置，只有过年过节公期的时候祭拜祖先用。老林造的祖屋也不例外，极尽心思，用料格外讲究，里里外外都打扫得纤尘不染，掩映在怒放的三角梅和扶桑花底下，你会感叹千年的传承在这里绵延下来是多么的美好。

去村三四里，就是河边茂密的红树林。老林带我翻过一座小小的石桥，就钻进了这些密密的红树林，若没有人引，外人是绝想不到这林子里还有这么条小道。只是脚下的地却是灰灰麻麻的颜色，也许是被八门湾的咸潮漫过，怎么都显出一种沧海桑田的味道。

小道通到河边却豁然开朗，老林的一个族弟叫阿金的在这里装了一个大网。那网用十几根长长的木杆撑住，支满了整个河道，岸上专门搭了间小木屋，里面有一个硕大的木头绞盘，粗大的钢索缠绕，远远地牵住那些河道中的木杆。绞盘摇紧，河道中伏倒的木杆就慢慢立起，于是一张足有一亩多大小的巨网就被撑出了水面。那时阿金才不急不慢地划着小船到网边用长长的网兜把鱼抄上来。

头回见着这一个让人惊叹的壮观过程，绝非内地网鱼用的罾网可比。阿金说他们运气好时，一网可以笼到三千多斤鱼。我还吃了不少他的鱼，那是一种薄薄的银亮多刺的鱼，油煎着味道很鲜美，可惜只有当地的叫法，无法把鱼的名字写记下来。

只是我和老林都鄙视除了竿钓之外任何捕鱼的办法。那些在钓鱼人看来都是旁门左道，钓鱼就得像过去剑客决斗一样，一鱼一竿地对决，看谁机警耐心，眼疾手快，被噼里啪啦扯上岸或折竿断线跑鱼，那都是要认命的，绝不能取巧。

我们猫腰钻进遮天蔽日的红树林，和那些枝枝蔓蔓的树藤缠斗半天，好不容易找到两个钓点。老林把那个水深的地方让给了我，自己去了水浅的那边。我撒下不少鸡饲料做窝，舒舒服服地喘口气坐下来。这儿真是野钓的天堂，头顶繁茂的枝叶挡阳遮雨，伸竿的方向仅有一尺多宽的缝隙，刚够挥竿扯鱼，一切都是自然天成。

在这浓郁的绿里，坐下来深吸一口气，整个人都像要醉过去。烟还没来得及点上，鱼漂就沉沉地动了，一下两下就给顶横。扯竿幅度不能大，怕竿线挂到头顶的树枝，只能带着鱼在水里左右晃动，再用网兜抄起，是一条尾鳍红得像火的雄性罗非。

到水色慢慢地暗下去，潮水渐渐地涨上来，该回家的时候了，我身后大大小小的鱼已有二十多条，怕是足有三十多斤。老林过来一看都呆住了，大呼你可过了瘾，他自己那处水浅，鱼上得比我这儿少多了。回去的路上，他一路叹息，还是老黄手气好。

开车回家过年前的头天下午，是个阴沉沉的下雨天，已经三点多了，老林打电话说还要陪我去红树林钓鱼过下瘾。他急急忙忙骑摩托过来带我，还要临时去挖蚯蚓。好在老林都熟，找到水吼村的一个小渠边的湿地挖了不少又黑又粗的蚯蚓，这样的东西可是罗非鱼的最爱。快四点了，我们才打窝下钓。老林也挤到我上回钓鱼的那个点，硬是伸了两根竿。很准时的一刻钟以后，我们开始上鱼，一条接着一条，我和老林轮流扯竿，连抽根烟的时间都没有，到六点左右我们离开，不到两个小时，又钓了三十多斤鱼。

这股兴奋劲一直持续到晚上，一直到我第二天开车走，车到广西梧州，我还是钓鱼时的打扮，短衣短裤拖鞋，被街上哈着白气穿着羽绒衣的人像看神经病一样瞧着。

因为盖房子的缘故，我三月份又回了文教，这回我和我舅舅已住在了包工头阿策为我们盖好的厨房里。听着水声蛙鸣，望着星星和月亮泻进来的银色的光华，闻着白天残留下来做饭的柴烟味，每个厨房的夜都新鲜得让人难以入眠。

老林和他最要好的哥们阿日也经常来看看盖房的进度，大家交往也越来越频密。我照例送他们一些内地买的渔具，老林没办法了，连家里祖传的老凉床也送来了。我看他在烈日下用力蹬着三轮车运来那张凉床，高瘦的身子弯成一张弓，心里莫名酸痛起来。

老林还带我去过很多地方钓鱼。有一次在农田里七弯八拐到过一个很奇特的地方。那是八门湾一个引渠形成的水洼，潮水把洼地注满水，退潮时鱼却留在水洼里，小小的水洼边站着十数个钓鱼人，努力在再次涨潮把鱼带走前多钓点。我们也顶着烈日到过吉水桥头钓大鲇鱼，还去过长满紫色野荷的水塘钓本地三毛鱼。

但是我和老林最后一次钓鱼还是在水吼村河边的红树林里。那是四月初的日子，海南的天气已经很热了，平时放下去就咬的漂，半天都没有动静。有些意兴阑珊，老林跑出林子帮阿金扯大网去了。我后来也坐上捞鱼的小船，用手机从后面拍了几张他划船捞鱼的背影，那种瘦瘦的努力的样子，永远地停留在那一刻。

后来再约老林钓鱼，他总是支支吾吾地推托。我想可能有什么不经意的地方打扰到人家了，就再也没打电话。我开始一个人在河边钓鱼，有时太阳落山时在河湾里钓，有时候在家门口夜钓，有时候约着房东老邢上门前的小岛钓；但缺了老林总觉得差了那么些意思。后来阿日才告诉我，老林病重，到广州治病去了。我赶紧给老林打电话，问他在广州有没有需要我出力的地方，他依然还是那样温和地跟我说着谢谢，说自己一切都很好很妥帖。

年末天凉的时候再回文教镇，老林已经从广州回来了。我去看他，他在家里发白的不锈钢的护窗前，坐着轮椅看着窗外冰冷的雨，一动不动，终于回过头来，认真地看着我，浅浅一笑，轻轻地说："老黄，真的不能陪你钓鱼了啊！"

不多久，老林就走了，悄无声息的。听阿日讲，最后几天家里人把他送回了溪西村老家的祖屋，在那个漂亮的祖屋里沉沉睡去，那年他还不到五十岁。

老林走后，文教河他带我去过的地方都不大能钓到鱼了，阿日说肯定是老林把鱼也唤走了。阿日把我拍的老林划船的那张背影放大洗出来，挂在他的果园里供上，我还在下面絮絮叨叨地写了几行牵挂的话。而老林留在我记忆深处的，除了那努力划船的背影，还连同着那条永久川流不息的文教大河。

我们租的小渔船逆着文教河往上游走了很远，途中经过很多我们曾经驻足钓鱼的地方，不过从船上看来大都不敢相认。直到小船走到很浅的滩地不能再向上，邻居老聂才很肯定地说，前面不多远应该是宝芳湖了。

小船于是调头顺流而下，风很大，迎面吹来，眼泪便出来了，模糊了视线，天地由此融成苍翠的一片。

（二）宝芳湖

宝芳是文昌下面的一个集镇，往文教去的路上，就有岔路指向宝芳的路牌。盖房子的时候，包工头阿策看我喜欢那些老旧的东西，经常说要带我去宝芳淘那些老玩意儿。

于是心里就存下了宝芳，直到老林走后半年，心下寂寥，和老聂在地图上找到还有一个宝芳湖，便由着性子找去了。老聂说他其实早来过宝芳湖，只是钓的鱼不大，大概就很少想到这儿。

宝芳湖挺大，顺着林子里七弯八拐的小路，我那车还能直接开到湖边。这回到宝芳湖的钓鱼队伍还挺大，曾叔、阿日、老聂和我四人，车上带了吃食啤酒座椅阳伞等各式东西，把车尾厢打开，在湖边的草丛间卸了一地。可惜湖边风太大，但凡立起来的东西都东侧西歪，远看就是明亮得刺眼的阳光下，一辆火红的越野车，和四周几个弯腰追着东西乱跑的人。

也许宝芳湖水面太大的原因，阳光下波光粼粼的透亮的水包裹着浮漂有些晃眼，三三两两的鱼有气无力地咬几口，我们几个也被炽热的阳光晒得晕沉沉的提不起精神。这时曾叔的抛竿惊醒了大家，一看竿弯得很厉害，都大叫“慢点慢点大鱼”！曾叔也在哎哟哎哟地惊呼，兴奋地摇轮收线，可惜大家的喊声还未落，啪的一声鱼竿绷直了，水面浮起一个小旋涡，大鱼跑了。曾叔后悔得直跺脚，拿着断掉一半的鱼钩跑过来给每个人看：“这可不怪我，鱼钩不行！”阿日嘀嘀咕咕讲了几句怪话，惹得曾叔很不高兴。

大家的兴致却被调动起来了，瞪大眼睛盯着浮漂。老聂还捣鼓出不知剩了多久的几种饵料和到一起，把一根短竿改钓饵料。哪知这根短竿放下去不久，就被老聂颤巍巍地扯上来一条两斤左右的大罗非。这仅仅开了个头，老聂左一条右一条地上鱼，清一色都是这种大罗非。我和阿日也迅速拢过去，改用饵料钓。饵料跟蚯蚓完全两样，漂抖两下就得扯，否则鱼饵就没了。钓惯了蚯蚓开始还有些不适应，把握不准漂的动势。结果饵料很快就被我们糟蹋完了，我和阿日才好歹钓了两条大的。

看看日头还高，大家都未尽兴，我和阿日开车往文昌市急急忙忙去买饵料，完全按老聂的要求买虾粉黏粉什么的，心里已经把他当权威了。等我们赶回湖边，几大包饵料，老聂麻利地和出一大盆，这下可管够了。连守着跑大鱼窝点的曾叔也过来改钓饵料，可惜除了老聂，我们三个的鱼竿只看到挂饵没看到上鱼。

那天是属于老聂的好日子，他把整齐划一简直一般大小的十多条大罗非鱼倒在我家院子里喜气洋洋地照了好几张相。

随后的一段时间，我们连着去了很多次宝芳湖。但凡谁家的同学朋友亲戚来了文教，恨不能都带到宝芳湖去钓钓鱼，炫耀一下自己是如何像从自家养鱼池里抓鱼一样轻松随意地钓鱼。邻居老聂自然就成了宝芳湖钓饵料的大师，有一次他带了同学老少一家好几口人，忙前忙后地指导人如何上饵如何看漂，结果那天我钓了九条大的，超过了聂大师，回家路上他一路长吁短叹懊悔不迭。

匆匆又是一年，年前我正好带人到海南拍片，把自己在文教盖的房子吹得天花乱坠，于是大家便都要来看。我带首创的王大主任和小吴小赵几人去了铜鼓岭、淇水湾、红树林，拍了不少海天一色的镜头，但在霞场红树林那天却让人心惊胆战。

我们刚拐到霞场农家乐停好车，就看到旁边高高的椰树上有人爬上去采椰子，几个人毫不迟疑就拿起摄像机，顺着红树林中弯弯曲曲的木栈道拍了下去。一路各式各样野花野果奇奇怪怪科属的林子，还有掩映其间的小船木屋渔网，无不夺人耳目。累了渴了，买一个椰子砍开，迎着八门湾微腥的海风，喝到肚子鼓鼓胀胀的，一切都让人沉醉。直到吃过午饭溜溜达达走回停车场，竟然发现我们租用的别克商务车中间车门大开，急忙冲上车翻看，却一样东西也没少。大概是下车只顾着拍东西，竟忘了关门。这里来来往往这么多村民，要是在其他地方，别说离开两三个小时，估计十分钟，也够呛，不由大加感叹本地民风的纯朴。我们格外用心地记住了这个地方，废园一般的屋场上唯一耸立的门楼上很诗意地刻着“梦园小筑”几个大字，细看旁边的介绍，竟然是国军管后勤的云飞中将故宅，难怪少有的洋派。

同行的老聂建议安慰一下大家受惊吓的心，去宝芳湖钓钓鱼放松放松。看看时间还早，王大主任说好啊。车就在乡间野路上奔着宝芳湖大致的方向去，谁也说不清具体怎么走，好在乡间的景致非同一般，仿佛倒退无数时光闯进了历史中的某朝某代，只有我紧握方向盘的这台别克车和喘息的发动机声提醒我们身在何时何处。

在一条小河的小桥旁停下来，因为我们看到了一个梦幻般的荷塘。不到两亩的池塘上长满了暗红色的睡莲，而紫色的花一根根伸出碧色的水面，极尽弄世的娇艳，这是幻梦中才能出现的色彩。小吴轩他们拍了又拍，想尽量留住这些似幻似梦的莲花。

我在池塘的一角打个窝子，换上星漂，期盼能找点小时候跟着外公父亲他们钓荷叶塘时的感觉。不一会儿，鱼咬钩了，星漂稳稳地抖两下清清爽爽一颗颗地往上翻。我一扯竿，真是那种很多年前钓到过的黄黄的土鲫鱼。这在海南十分稀罕，这边河湖里大都是罗非鱼鲶鱼什么的，鲫鱼就很少见，何况是这种金灿灿的土鲫鱼。

老聂却催促着去宝芳湖，说钓大的多带劲，别在这耽搁时间。可惜那天宝芳湖并不怎么给面子，除了首创的王大主任破天荒钓到一条鱼很开心之外，我们都没钓到大的，感觉很郁闷。本想回去荷叶塘，天色却暗了下来，只好悻悻回家。后来好几次动心再去寻那紫色满天的荷叶塘，却怎么也找不着了，在那阡陌纵横的乡间，不知它到底藏在哪儿，也许那样的绝世容颜不能在人间停留太久吧。

将近年节，天气凉下来，我们再来宝芳湖。这些人里有台湾来的梁老、威海来的老刘，我同学志刚兄，不一而足。只是宝芳湖的面目改变了很多，车已经不能直接开到湖边，被挖掘机掏断的路阻隔重重。远远近近却多了不少的车，操各地口音的人都开始来这里钓鱼了，而且都是钓饵料，看来聂大师一年多来的推广工作做得卓有成效。

我们也找到好几条从文教到宝芳湖的近道，还在宝芳镇吃到一家味道不错的茶餐店，连钓具也精进了不少，用上了更灵敏的大长漂和专门钓饵料的小圆钩，甚至在一个风大雨急的大冷天我还创纪录地钓到一条超过三斤的大罗非。只是这一切，都没有了头年刚来宝芳湖钓鱼时的那种空旷寂寥那种水天一色，那种恨不得整个身子都能化进去的感觉。

有次连着几天雨后难得放回晴，我和老聂在宝芳湖岸边守着夕阳，钓到最后。远近钓鱼的人都走了，连对面湖水绛红色的霞光里点点白色的鸭群都游回了岸巢，只有一个人仍然坐着一动不动地努力盯着浮漂。我们好奇地走拢去问他："天黑了，哥们还不走？"那人晒得黝黑的脸盘上油光闪亮，他说年假结束，明天就要飞回兰州上班，想钓鱼不知要等到何年何月，他只想在湖边多坐会儿。那天我们收拾好钓竿却没走，一直陪那哥们坐到太阳最后西沉。

（三）月亮湾

文教镇离海是很近的，门前的文教河顺流不过三里就是八门湾，往东北六七公里就是铜鼓岭下那更阔大的海湾。

大海这么近，海产就相当丰富，其实在当地的风俗中淡水鱼虾是根本上不了餐桌的，年节里上档次的席面一定是海鲜。这也影响到钓鱼，海钓的人根本就看不起钓淡水的，那差的档次可不是一星半点。

第一次带我来这边海钓的还是老林，车上还有曾同学和刚认识不久的阿日。那天云压得很低，我们翻上石头公园的陡岭，岭下的海已是风大浪急，等走下海边那巨大的礁石滩，暴雨就倏忽而至。我一时就心生怯意，老林和阿日却兴致高涨，说浪大才有大鱼拢到岸边来。可不是，偌大的风浪，这滩上钓鱼的一个挨一个有几十号人。这些人枯坐在礁石上，守着几根抛竿在风雨里纹丝不动，仿佛融入了身后巨大的岩石。

我们好不容易找到一个没人的空地，上虾挂坠，各自抛了一根远投竿。也就十来分钟，我的鱼线就被风浪打到了礁石边，我也懒得管了，另外拿出一根短竿寻个小小的礁石缝钓小鱼玩。尽管外面浊浪滚滚，这不大的石头缝里却风平浪静，放下去不久，小鱼就开始咬钩，各式各样的小鱼前赴后继，一会儿钓上十多条，在石头上一字摆开，竟是五颜六色形态各异，没有一条是完全相同的。

等大家都折腾回车上的时候，一个个都成了落汤鸡，只有我非常开心，平生头一回碰上那么多色彩斑斓的小鱼。心随意转，下了石头公园的山坡，车窗外厚厚的云天就开了，一丝丝的暖阳，随着晚风就这么洒下来。

后来老林还带我去过淇水湾，他在那儿钓到过一只极像一块石头的岩蟹，味道极其鲜美。只是海钓的难度大，偶然因素太多，潮汐风浪天气季节鱼饵哪样都能左右一天的鱼获。印象中在淇水湾没有怎么钓爽过，除了有一回钓了很多燕鱼，腌着很好吃；还有一回阿日钓了一条两斤多的鲴鱼，我们赶紧开车回去清蒸了吃，味美得入口即化。这些之外，大多时间只是望洋兴叹，看着茫茫玻璃色一样透明的大海，很是无助。

有年冬天，我们开车登上了当地海拔最高的铜鼓岭。站在海边笔立的山崖上，绕着铜鼓岭碧涛荡漾的就是太平洋。阿日右手一指，就是新建的文昌卫星发射中心的塔架；左手一指，是个巨大的月牙形海湾，他说这就是最美的月亮湾了。又一指铜鼓岭绵延到海湾深处的一个小岛，说他和老林以前经常到岛上钓鱼。当下我就跟阿日约好，潮汐适合的时候，首先就去月亮湾这个岛。

准备了好几天，我们终于去月亮湾了。阿日坚持要骑他的摩托，说海边的沙路车太难开。我心里大不以为然，对自己的车技那是有十二分的把握。可真接近月亮湾，一会儿穿林一会儿蹿沙地时，我知道他是对的。听到阵阵海浪的声音，离月亮湾咫尺之遥的时候，沙地变得又松又软，摩托太慢就陷进沙里，太快就蹿出去倒了；没办法，我只好下来徒步，阿日独自歪歪扭扭地骑车往前。

终于，那道弯月样的弧线展现在眼前，细细的白浪卷起透明的海水，把这个有月亮之名的海湾衬托得格外柔美。

海湾的沙滩却被潮头拍打得结实许多，阿日带着我在摩托上迎着海风飞驰，润润的湿湿的气息一阵阵地包裹过来。阔大的沙滩上空无一人，只远远的有个小黑点，我们在月亮湾优美的弦上划出一道轻盈的弧线，直奔那个小黑点。

到了近处，小黑点原来是个深色的小小帐篷。一对青年男女正从帐篷里趴出上半身，对着翠蓝的海湾发呆。友好地聊了几句，原来他们也是在铜鼓岭上看到了这处峡湾和小岛，于是渡河而来。顺着他们的手指看过去，原来这里还是一条河的入海口，河口往上不远的地方就有个船渡。阿日告诉我这就是有名的宝灵河。眼前的小岛正在咸淡水交汇的入海口，难怪会有鱼聚集。

沙滩和小岛隔着一道浅浅的海水，阿日坚持要背我过去。他常常这样，但凡涉及海边的这些事，他对我们内陆来的人是很没信心的。

小岛像个圆锥似的耸立，方圆不过一千多平方米，三面都是笔立的悬崖，只有一面是零落的大石，可以从夹缝里攀爬上去。刚爬上大石面，阿日就惊呼：“看，看，好大的鱼！”顺着他的手指看去，明晃晃的海水中悠闲地游着好几条大西鱼，被透明的海水托住，不紧不慢的样子就像悬停在半空中。阿日急得什么似的，赶紧手忙脚乱地取出钓竿，刚举起竿准备抛，鱼却有灵性似的，倏忽四散开来，瞬间就没了踪影，只剩下礁石上的阿日举着竿僵在那儿目瞪口呆。

每人抛下两根海竿，鱼篓抄网一切收拾停当，太阳光也开始泛红，慢慢地要沉入海里。有马达声由远而近，渔民陆续回家，有一个壮汉用力挽住缆绳纹丝不动地站立船头，任由风浪起伏，那样子极像蒙古大草原策马飞驰的武士。

心却这样飘荡起来，我啪地打开一罐啤酒，靠在石头上，惬意地灌一口，抬头望望不远处高耸的铜鼓岭，任由轻柔的晚风和淡淡的咸腥味把自己慢慢地迷醉。四周的海天发蓝的、发绿的各种颜色就这么一寸寸地模糊起来，渐渐地凝成灰黑的天幕。

灰退了点，黑沉了点，星星月牙相跟着爬上来，影影绰绰的光影底下，是碎碎的翻起的白浪和阿日一闪一闪的烟头光下锁紧的眉头；他挂掉好几口钩，钓上几条小海鲀，那可是不能吃的有毒的鱼。

这鱼牙尖嘴利，钓在半空中就死劲把自己鼓成一个圆球，嘎嘎乱叫，稍不留意就把鱼线给咬断了。可惜再过一阵，连海鲀也不咬钩了。我于是没了信心，坐在石头上风马牛不相及地乱想。当喝完第六罐啤酒的时候，海风停了，静静的，纹丝不动，只是身上开始燥热起来，大概是没吃晚饭饿的。阿日侧耳听了听海浪声，突然一拍大腿："完了，算错落潮时间了，回去的沙滩已完全被潮水淹没了。"我问大概多深，他比画了一下脖子。我说那游过去不就行了，阿日很疑惑地看了我几眼。

实在熬不下去了，我们收拾好渔具，把所有衣服顶在头上赤身裸体站在礁石边。阿日扭头问我："你确定？！"然后踩出一步，海水慢慢没过了他的肩。我也跟了下去。

微凉的海水漆黑如墨，像丝绸一样层层叠叠包裹着。我踉跄着用手划了一下水，天啊，一串星星样的银色的光从手边升起来，轻轻漾动，然后慢慢消散。我大力划了一下，一串繁密的星光升上来；我在水底用脚踹了两下，从深色的水底冒出更浓的星光。再看前面的阿日，漾动过的海水后，隐隐的他的背影就笼在一片闪烁的星光里。

我头晕目眩，这是真实世界还是魔法幻境？我想起李安的《少年派的奇幻漂流》，原来以为派在小船上海底星光漫天的场景是三维做出来的，现在才明白，那竟是真实的美丽世界。

我在齐脖深的海水里停停走走，忽儿左忽儿右，搅动水底那漫天的星光，久久不肯上岸。阿日在沙滩上大喊大叫，急得跳脚。

海边小年轻的帐篷早已融进黑暗，不见踪影。摸黑好不容易才找到露湿了的摩托，终于空阔的海滩上响起了哒哒的摩托车声音，乘着夜风星光月色就这么回了文教。

没过多久，开玻璃店的阿平告诉我月亮湾那边的鱼排过来了，问我上不上鱼排钓鱼。我听到月亮湾三个字就很雀跃。当天晚饭过后，迎着很浓烈的晚霞，阿日、阿平和我还有一个小老弟四人就搭人家的小交通艇上了鱼排。鱼排离岸七八里，一圈圈用大网箱养一种价值很高的小鱼苗，每天都有交通艇往来接送值夜的渔民。

那晚的月亮很圆，也很晦暗，被银灰色的厚厚的云拥着，染出一圈暗红的晕色。没在南海的夜中待过，永远也不会知道海上的夜是多么的浓稠。那种风那种湿都是黏的润的，碰到脸上，慢慢地就一层层覆上去。

阿平教我们把竿都用绳绑紧，说鱼大，一口就会把鱼竿拖走。这回钓鱼可是讲究，要用干电池打氧机专门养着一箱活虾，摇轮要装三五百米好线，钩还要特别地连上护嘴，以防被海鱼锋利的牙齿咬断。于是大家心惊胆战地守着鱼竿，守着那些要来袭的大鱼。

在鱼排上拖得很长的摇摇曳曳的月影底下，大家各自沉默，可惜没有一根竿有上鱼的动静。好在鱼排上有一个值夜人休息的

钓神　　黄定初·纸本墨彩

秋日小趣　　黄定初·纸本墨彩

小木屋，大家便陆续躲进小木屋躺下，随风浪起伏一夜，只是外面竿尖上的铃铛没有响动一下。

没过几天，阿平不甘心，又领着我们上了鱼排，这回准备更是充分，可惜仍旧一夜无事。无可奈何迎着初升的朝阳把鱼线摇上来，一看做鱼饵的大虾还是原样，我顺手又把竿甩了出去，慢慢用矿泉水简单地洗漱一下，单等交通艇来把我们接回岸上。突然阿平发声喊："老黄你的竿，鱼咬了！"被海水晃了一夜，我还有点晕乎，扭头一看鱼竿已经被拖横到水面，赶紧跑过去抄住竿，但感觉就像挂住了一头奔跑的犀牛，鱼线被带住沉沉地往外走，这哪是用鱼竿可以绷住的力量。几百米的鱼线走到头，略微挣扎一下，像放鞭炮一样啪就断了。几个人大眼瞪小眼，都傻了。阿平说是大海鳗，钻石头缝里了；阿日说是大石斑，窜到礁洞里了；我却呆傻着说不出话来，这已远远超出我以前钓大鱼的经验。

不过从此以后我再也不敢说自己会海钓，因为那辽阔的海洋和变幻莫测的大鱼会让你惊慌失措颜面扫地的。

等我家门前的大榕树枝繁叶茂，梁老坚持要用九千九百九十九块钱买下冠名权说这样我就不会忘记他时，月亮湾也开始热闹起来了，好几家知名房地产商沿着海湾开发了许多漂亮的楼盘，新修的一条大道据说从清澜湾要一直跨过铺前镇通往海口。路上往来车辆日多，估计从前平静的日子也就一去不复返了。当然这

也是海南日渐繁盛的一个侧影，我只是希望心中的文教河、宝芳湖、月亮湾，那温暖的神秘的被星光包裹着的一条河一面湖一片海长存永驻。

托莱多和塞纳河

多年前的一个冬天，我第一次坐上长途飞机从北京去巴黎，恰好坐在舷窗旁。几个小时以后，炫目的阳光斜进来，丝丝缕缕的薄云下已是苍茫的一片白雪皑皑的大地。除了发动机的嗡鸣，飞机像悬停在这白净的世界，被阳光裹着，一切都静到极处。

戴高乐机场的云很清冽，宛如这城的气质；站在清冷的风里，看着被天际一卷一卷铅灰色的云衬托的巴黎就在我面前层层叠叠地打开。

每次到巴黎都是这种清冷的时节，深街老巷、地铁站头、塞纳河畔无不弥漫着那种淡淡的忧郁的冷漠的哀愁。呼吸着、倾听着、彷徨着，阴沉却又清冽，也许正是这座神经质的多愁善感的城市的特质。

只有向南穿过比利牛斯山脉的阻隔，才迎来了地中海炽热的阳光；马德里、塞维利亚、巴塞罗那，当然还有托莱多，西班牙

的这些城市，以一种完全不同的姿态掩映在灿烂的阳光里。

托莱多离马德里很近，坐公车大约半小时。乡间公路像幽黑油亮的绸带弯曲起伏在公车前，缓缓轻柔的山坡绵延到天际，远远近近点缀着的是白白的云朵和云朵下面的橄榄树。第一站白尼根，好像是西班牙最早的几个斗牛场之一。老旧的木栅栏里围住的斗牛场虽然早已弃用，但白白的日头底下，仍旧散发出一种淡淡的血腥气。而托莱多更是偏离时光的轨迹，一切都在光雾里静极了。城市广场树荫下对弈的老者，台阶上卖艺的吉他手，旧石坡上逆光行走的旅人，连同光晕里飞舞的尘土，都慢下来飘扬起来。这到底是16世纪还是21世纪，谁能说得清呢。

据记载托莱多是旧时的王都，始建于罗马时期，罗马人、西哥特人、阿拉伯人先后在这建都，几种建筑风格并存于此，相得益彰。

我坐在城墙边高耸的悬崖公路旁，脚下是一条叫塔霍的河流绕城而过，在冬日里熠熠生辉。看得仔细了，竟然在河湾处发现一个移动的小黑点。取出背包里的望远镜一看，竟然是一个钓鱼的人。那人站在水里，几乎一刻不停地挥动着手中的鱼竿，亦步亦趋地配合着，舞出一团金色的光晕。我看着看着，不由得就醉了，极想找个路径走拢去，可惜绕来绕去好几圈也没找到下山的路。再坐定下来，拿起望远镜，那钓鱼人已不见了踪影。

后来看到一个纪录片，才知道那样像舞蹈一样钓鱼叫钓“路亚”，专门用来钓攻击性强、凶猛的肉食性鱼，像鲈鱼、鳟鱼、

鲑鱼、翘嘴鱼都可以。片中主人公专门到蒙古国钓哲罗鲑，不同型号的假饵，很粗的红色鱼线，粗得好比小号的麻绳。人家站在水里，手就拽住摇轮前的鱼绳，配合着抛竿，一拉一放，行云流水潇洒至极，钓上的哲罗鲑大的有三十多斤一条。

如今国内也流行起了路亚钓法。我一朋友说路亚钓法抛竿的准头要练小半年，他常常夜深人静的时候在篮球场甩竿练习。现在他是一个大包背着一套路亚竿一只充气橡皮艇，周游全国钓路亚去了。

只是现在一看到钓路亚的，就再也抹不去托莱多阳光灿烂的塔霍河上那钓鱼人的身影。

后来也屡屡听人讲起国外钓鱼要执照，要分时节地点严格控制，但我估计就算不控制，江河湖海里也难得一见钓鱼的人。哪像我们国家大几千万的钓鱼爱好者，都赶上人家好些国家的人口总数了。

在北京那几年曾经遇到过一个超级牛的钓鱼人，他是汕头人，在黄河入海口的东营开了一家鱼鲜餐厅。他在那儿开餐馆的目的就是常年能到入海口钓鱼。他的梦想就是要在有生之年到全世界所有的大河入海口开餐馆钓鱼。黄浦江、淡水河谷，他都待过了十多年，东营他也待了快五年了，下一个目的地是巴西的亚马孙河谷。听说我也酷爱钓鱼，他极力邀我一块去亚马孙河口开餐馆钓鱼，讲起热带雨林入海口那种极大的诱惑时他眉飞色舞，我终究还是个俗人，真不敢去那么远的地方，跟人家比起来，彻

底是一个伪钓鱼爱好者。

仅仅半年以后，辗转过来的消息，那个汕头人真去了巴西亚马孙。

这么多年下来，积累下这些憧憬和向往，就特别盼着在国外痛痛快快钓回鱼，要是也能舞出那种金色的光晕该多好啊。

再来巴黎的时候，是早春二月，晨曦在巴黎清朗料峭的薄雾中苏醒。草坡、林地、奶牛逐一在机场高速旁闪过，只是再没有从前的距离感，也许到这个时候才真正感觉出国内发展的飞速，车流人流，高楼林立，这和北上广已没有什么差别。只有安静下来，在街道的拐角处静静地喝一杯咖啡，深呼吸一下清新的空气，远远地看见鸽群或听到唱诗班的声音，才会觉出些不同。

犹豫好些天才给廖别的弟弟哲羲打电话，他离开北京已经十多年了，在巴黎已成家立业，据说混得挺不错。我本意是想忽悠他的车去诺曼底。这年正好是诺曼底登陆七十周年，那是我魂牵梦绕着一直想去的地方。哪知哲羲格外热情，说终于来了一个可以陪他说长沙话的人。他是一个典型的长沙控，在巴黎常常花粉过敏，厉害的时候就必须回长沙，一回长沙闻闻那种嘈嘈杂杂的烟火气息，自然而然就好了。他说有时根本不必到家，登机前赶到戴高乐机场就一切安好了。

这可能是心理的因素更多，权且当成一种思乡情结。两个长沙人就这样几乎天天腻到一块，陪吃，陪喝，陪逛，有次说起钓

鱼的事，就愈加舍不下了。哲羲刚来巴黎那几年，孤单寂寞，装修工地恰好就在近郊的塞纳河边，没事就跟着几个法国工友到塞纳河钓鱼。他说塞纳河里的鱼不少，钓到过鳊鱼和鲇鱼，还记得好几个钓点，我说那还等什么？

隔了这么些年，哲羲开车绕着塞纳河的桥转半天才到水边，叮叮咣咣掀开后备厢盖一看，几乎全是准备的烧烤用具，只在角落里挤着两根可怜的钓竿。我心里一下凉了半截，这是来烧烤的，哪是钓鱼呢？可曾同学和另外一个美女叶同学倒开心起来，塞纳河边的野外烧烤那是更有吸引力的。

河边的风不小，搭烧烤架生火很费了一番工夫，烟熏火燎地收拾停当，已是日落光景。我赶紧要哲羲把钓竿支起来。塞纳河的水流得很急，钓鱼只能用抛竿。钩坠的系法跟我们略有不同，鱼饵就是一串空心的狗粮。远远地抛进河中央，把线摇直用架子支起竿来，可惜没有铃铛，仰脖半天，一点动静都没有，就只好帮忙女生弄烧烤了。

闻到烤肉香的时候，水边又来了辆车。下来一个亚洲哥们，挺酷的样子，看着像日韩系的，麻溜地就支开了钓鱼竿。许是闻到肉香，这哥们就过来搭讪，一聊才知道是四川人，问我们有没有多的鱼饵。我守着钓竿半天不见动静，就跟过去看他钓鱼。那哥们挺会享受，开着音响，半偎在车尾厢里，鱼竿就平放在水泥岸上，竿线上用一白餐巾纸系个结，估计是判断鱼咬没咬的标

计。我说就不怕鱼把竿拖走了？他说钓过的也就一两斤沉的，很少有大鱼。

正聊着天，突然听到我支起的鱼竿啪的一声倒到地上。我赶紧飞跑过去一拽，啥也没有，摇上来一看，鱼饵倒是少了好几个。这肯定是鱼咬了，劲还挺大，把鱼竿都拖地上了，我心里挺懊悔的，重又小心理好竿抛入河中。

一手啤酒、一手烤肉，我就坐守在鱼竿旁。偶尔还有游船坐着三三两两的客人，看到钓鱼的人，还刻意减速，悄悄避开抛远的鱼线，从我们面前悄无声息地滑过。

只有舷窗边的游人，兴奋地向我们指指点点挥手致意，我举起啤酒瓶回应。忽然一辆警车悄无声息地停在了我们身后，车上下来一男一女两个表情冷漠的警察。我有点小紧张，护照还真没随身带着。好在哲羲已经迎上去，嘀嘀咕咕地说开了。男女警察很夸张地耸肩点头，然后迅速开车走远。我问羲别他们都说了些什么，他说祝我们钓鱼好运。

趁着这慌乱的间隙，鱼竿又倒了。我真的很无语，怎么到塞纳河还是这样，认认真真专心的时候是一定没有状况的，稍一分心就有鱼咬。天就在这样的无可奈何里暗下来，夜色浓起来，湍急的河水里灯泡的影子次第绽放然后明明灭灭。夜风吹到身上，凉意渐浓，再坚持下去也没有了情绪。

塞纳河的处女钓就这样草草收场，我和哲羲都留下了心结，

约好回国前准备充分再好好钓一回。

后来开着哲羲的保时捷卡宴从巴黎一路往北，车尾厢还带着几根钓竿，可惜不管是象鼻山还是诺曼底，整个法国北部的海都是冰凉的，凉得我们浑身都哆嗦，只好收起了钓鱼的心思。我独自一人走到诺曼底海滩的最深处，伫立凝视极目处的水天一线，点上三根香烟朝北拜了拜，在沙滩上用汉字写上“海阔凭鱼跃，天高任鸟飞”。直到海风吹得自己也感觉牛逼起来，才折转回身，然后一路往南。

好在法国北部乡间的景色独具魅力，让人心境开朗起来。随车缓缓起伏的坡地是整片整片舒展开的油茶花、麦秸垛和桦树林，难怪梵高莫奈他们能画出那样的乡村景致，原来搬上画布就是现成的。若是能在这如画的风景里钓回鱼，怕是会融化进去吧。

中间有几天拐道布拉格，在伏尔塔瓦河上看到河湾处的几个钓鱼人，我忽然就想起了和哲羲再钓塞纳河的约定，顿时心里痒痒的不行。

回巴黎第一件事就是约哲羲钓鱼，还专门到户外店重整了鱼钩鱼线鱼饵。可惜等我们收拾停当，坐上车的时候，天阴下来，风也大起来。远远地在塞纳河的铁桥上看到河湾处一个亭台楼阁的醒目建筑，竟然是华天大酒店，字体徽标俨然就是长沙那个华天；哲羲笑得很当然的样子。

这间酒店的位置相当好，横跨在塞纳河和马恩河的交汇处，

临河阔大的卸货区更是钓鱼的绝佳位置。这回我把抛竿紧紧地握在手，再也不想错过塞纳河的鱼。

河口的风有些大，吹动着头顶的云匆匆来去，偶尔有淡淡阳光洒下来，映在我和哲羲两人坐着的钓鱼椅上。我竟这样沉沉地睡去。瞌睡中觉着手中的鱼竿轻轻地动了几回，可惜怎么努力都睁不开眼。

我估计哲羲也睡着了。恍惚间时空有些错乱，楼道上轻轻地远远地还有一些零零碎碎的长沙话飘过来。哲羲这哪是带我到塞纳河钓鱼？明明是要我陪他一道找回家的感觉！

罗叶溪

猛洞河的水在一个叫罗叶溪的地方流入酉水，蓝得有些发亮，恍恍惚惚的，在阳光底下有些虚假，没风的时候，纹丝不动，仿佛一河的蓝玻璃。

十多年前我们来这里，坐在河岸芙蓉镇的土楼里吃“百粒丸”时，就是临着这一河的蓝水，个个呆若木鸡。

十多年后再来这里，土楼已经翻新成粘满瓷砖的水泥房了；前后卖“百粒丸”的小吃店也已多出了十几家，河岸上顺着码头往镇上爬的，都是跟着各式导游小旗攒动的人头。往日关于一河蓝玻璃的记忆已经彻底回到虚拟世界里去了，只有岸边钓鱼的人、打鱼的船还在。

那时我还是大二的学生，无牵无挂，只有一身的青春理想。我们是从猛洞河源头漂流下来的，途中还翻了船，一身湿漉漉的，把借公家的相机也浸湿了，心里忐忑不安，但到芙蓉镇仍然

是兴奋莫名，日光下或月光下那一河蓝色的水，留给我们动人的印象。

当时芙蓉镇同名电影正热映，刚出名，往来人开始多起来，却仍是湘西永顺山水间的一个偏远小镇。老旧的木楼顺着山坡和青石板路一道曲折蜿蜒而下，直到岸边码头。码头边不少钓鱼人，长竿短竿颇成阵势。看了一阵才看明白，长竿是钓大鱼的，像鳊鱼、黄鸭叫、翘脖鱼什么的；而短竿专钓小鱼，像鳑鲏、嫩子、刁子鱼等。握长竿的凝神不动，拿短竿的则上下翻飞扯个不停。那些钓上的小鱼在土岸上扔开一片，乱蹦乱跳，五颜六色好看极了。而拿着长竿的间或一声“嗨”，便甩上一条大半斤的鱼，样子极是傲气。不远处码头上就有现买鲜鱼现炸的食摊。热滚的茶油把刚钓的鱼炸得焦黄脆嫩，香得让人挪不开脚。我和朋友嚼着鲜鱼，看着长竿短竿的钓鱼人，竟痴了，忘了最后一班到罗叶溪火车站的渡船。最后夕阳西下，陆续有钓鱼人收拾鱼篓往回走时，才醒过神，我们是要到罗叶溪火车站赶火车回常德的。

正在码头上徘徊懊恼之际，猛听得几声巨响，随后又传来更大的吆喝声，码头上的人一阵慌乱，大家跳上岸边的小船解缆划向江心，我和朋友也挤上了小船。几十条小船赛龙舟似的，循着巨响去了。

几十条小船在江心围住的是一条巨大的鱼，大鱼翻着麻白色的肚皮，树干一样粗，有三四米长，斗笠一样大小的脑袋上还

拖着两条麻绳一样粗的胡须。“鲶鱼精！”大家异口同声地喊。大鲶鱼似乎只是被爆炸震晕了，挣扎着硕大的身躯努力想翻过身来。有胆大的人，拿着鱼叉绳杆想下江捉鱼，纷纷被同船的人劝住：不要命了，这是多少年的鲶鱼精！大鱼拼着最后一口力气挣扎了一下，蒲扇一样的尾巴把江面弄出了一个旋子，然后一动不动侧着身子慢慢沉入江底。我看见它褐色的眼睛在蓝色的江水里散发着寒意，不禁毛骨悚然。

多年以后我还想着那只冰冷的江水里褐色的眼睛，那鱼真是死了，还是装神弄鬼继续潜入深渊继续它的千年修炼？

围住的渔船渐渐散去，同船的人说河对面的古丈县在江岸边炸山开路，把老鱼精震出来了，看样子这里以后没有安生日子过了，说罢叹着气连连摇头。

这时天已傍晚，满江的蓝水又染遍了夕阳的红。我们问遍了渔家，没有一条船愿意在这刚刚惊动了鱼精的时候把我们渡到对岸十几里外的罗叶溪火车站。我和朋友正垂头丧气准备上岸回芙蓉镇，恰好有条帮对岸运开山炸药的船愿意载我们一程。我们连忙道着谢，跳上了小船。

这船比渔船大不了多少，只是多了一个冒着烟突突作响的发动机。尾舱没有篷，堆着些油纸裹着的炸药，让人不寒而栗。

船突突着顺流而下，贴着江水，仿佛利刃在蓝玻璃上迅速划过。我们正放松心情迎着扑面的江风，船尾的突突声突然暴响

几下就没了声息。船开始摇摇晃晃慢慢打横。驾船的黑脸汉子大急，努力一次次扯着发动机拉索，发动机发出哐当声却再没有动静；他脸都白了，连忙撬起两块船板递给我们，说赶紧往岸上划，要是被江水卷着撞上礁石非炸了不可。我们头皮一阵发麻，划着船板，顾不得咯手，拼上了吃奶的力气。

好不容易把船拢上了岸，船家把锚扎牢，紧张得话都说不出来，只是挥手让我们快点上岸。我们惊魂未定地爬上陡峭的江岸时，天已黑了，回头看看脚底下岸边，已只有迷蒙的江雾和滔滔的水声，小船已没了踪影。我们喘着气，犹犹豫豫想反身看看，却是两股战战，已然失去了回身的胆量了。

那时的男生莫名其妙地流行穿高跟皮凉鞋，我们摸黑走在河堤上，穿着湿滑的高跟皮凉鞋，堤上乱石颇多，高一脚低一脚，极其难堪。我们只好把鞋提着，光着脚走，不时被乱石硌得钻心地痛，这也好，一时忘了刚才坐炸药船失控的恐慌。

顺着河岸的崖壁走了很久，肚子里咕咕乱叫，先前吃下的那几串油炸鱼消化得渣都不剩了，终于看到江面上隐隐约约横着一道铁路桥，估计离罗叶溪火车站应该近了。

翻上铁路桥，脚下是冰凉的铁轨和幽深瓦蓝的江水；铁轨往前延伸，幽幽闪着寒光，相连处却是更加黝黑的隧道。我们四周打量，除了起伏的黑的山，冰凉的铁轨，一身的冷汗，终归无路可去，只好硬着头皮钻进隧道，期盼隧道那边就是灯火通明的罗

叶溪火车站。

隧道里漆黑异常，我们只能摸黑光脚踩着铁轨往前走，怦怦的心跳清晰可闻，恍惚间，隐约的一道光从隧道顶划过，一缕沉闷的风涌动。朋友见机，一把扯住我往路基边跳，死命地贴着洞壁站定。突然风声骤急，刺目的白光倾泻而来，轰隆声和激越的钢铁扭动的声音扑面，火车呼啸而过，黑夜里它像洪荒时袭来的猛兽。

我紧贴着洞壁，衣裤被火车的风带着狂舞，努力睁开眼，明亮的车厢里是各种鲜活的人物被速度撕裂的脸。我只好把眼闭上。

风悄然而逝，车声远遁，白光消退，隧道除了隐隐的共鸣又回复到从前的黑暗，我的心却莫名地释然起来；我在想火车上的人从车厢明亮的灯光下，看到两个紧贴着洞壁被大风吹乱了形骸的人不知又会怎样。

隧道黑暗的尽头还真是灯火昏黄的罗叶溪小站。无数的蚊虫围着照着站牌的白炽灯乱飞。我的心头涌上一种无以言状的温暖和亲切，鼻子竟有些酸。

夜已经很深了，最后一班夜车就是我们在隧道里碰上的。我们胡乱吃个饱，就在站边的小旅馆歇了；两人无话，昏沉沉地就进入了梦乡。夜里我还梦到那褐色眼睛沉入江底的大鱼和奔驰出黑暗隧道的炫目的火车。惊醒一看原来是太阳光已经匀匀地晒上了我们的脸庞。

金海湖

冬天的金海湖寂寞万分，被一片厚厚的冰掩住，白晃晃的冰面上只有寒鸦北风一起快速掠过。偶有寒天里凿冰独钓的人也黑点似的和这漫天的冰雪融在一处。可到了夏天，这个离京城百余里的地方却是钓鱼人的天堂。

京城周围野钓的去处，算起来金海湖首屈一指。这个城外的大湖化雪开冻以后，经过一春的滋润，到了夏天就格外生动起来。湖水是碧绿的，卷着小小的涟漪，岸边的草是葱茏的，散发出各种香气，湖心还有各式的小船张着五颜六色的帆迎风飞扬；岸边则满是气定神闲的游人和散落在各个水湾处的钓鱼人。

我一位女同事结婚，她老公恰巧是一个钓鱼迷，就邀了我们这些钓鱼的朋友到金海湖去野钓烧烤。我们起个大早，开车狂奔两个多小时，哪知却更有早行人，金海湖蜿蜒的山道上早已停满了车。我们幸运地找到了一片湖边的岬角滩头，岬角伸进湖水

里，被微波涌动着，看久了极像即要离岸远行的船。

着实忙碌一阵后，大家慌乱之中各自支好了手竿海竿，女同志们则把整个岸边弄得烟雾腾腾，她们麻利地忙着生火架烧烤炉。远远的一些钓鱼人都被熏得直咳嗽，纷纷瞪眼，十分不耐烦，我们更是在烟火中仿佛腾云驾雾。

好在金海湖的鱼不少，一会儿大家都开始上鱼，手竿起鱼还挺勤，大都是半两左右银白色的鲫鱼，还有不少二寸长的游鱼。有了鱼早已烧红的烧烤架就开始忙起来，不一会儿就冒出浓浓的鱼香，大伙儿肚里一阵慌乱，顾不得抓了蚯蚓的手就去弄鱼吃。湖里的鱼在偌大的碧水里长成，有一种格外的香甜，这边的鱼香又引得四周的钓鱼人纷纷侧目，这回是羡慕的表情。

一阵乱吃之后，大家静下来，手里多了啤酒，喝得一身暖洋洋的，听任鱼咬钩，也懒得一动；软绵绵的日头出来了，晒得我们醉眼蒙眬，仿佛要化的巧克力，就要融在这湖光天色里面。眼睛有些睁不开，只觉得船帆有些近又有些远，嘈杂的人声有些大又嚯乎远去。

一派心醉神迷之间，我抛到湖里的海竿却响起了悦耳的铃声，我赶紧跑过去，挥竿一提，着实分量不轻，我赶紧挺住竿往里收了一圈线，鱼却十分顽强地往外窜了十多米，我带住线紧紧地跟着，好在线够长，否则鱼这一猛窜，十之八九就跑了。

我牵着鱼，鱼扯着我，折腾了好一阵，引得好些人过来围观，女同志们更是吵成一片，好不容易把鱼弄上岸，心里却好一阵不舒服。这是一条头尾都殷红的鱼，样子很像平日里见过的鲤鱼，浑身却没有鳞片，眼睛翻着，张皇而痛苦。大家七手八脚把这鱼摁住装进鱼兜里，都说这么大的鱼金海湖里钓上来的很少。我看着在兜里努力挣扎的鱼，心里更加难受。

这时身后传来一阵乱，一台吉普车突然闯进了湖岸边的沙滩，在沙滩上踉踉跄跄越陷越深，前后四个轮子几乎全陷到沙泥里。几个人挣扎着走出车来，一脸的无奈。岸上人一齐围过去，七嘴八舌地帮着支招，还有的挽起衣袖，大声吆喝着帮着推车。但不管怎么着，车却散了架似的喘着粗气趴在沙滩上一动不动。我趁大家不注意，偷偷把鱼兜底扯了个窟窿，那无鳞的红鱼仿佛也懂得，全力挣了几下，深深地潜入了湖底。

太阳的热力渐渐淡去，湖外天边的白云渐渐晕染开来，湖里湖岸的物事都慢慢笼在一层霞般的烟里。

我有些恍惚，竟似回到了久别的江南老家。夹岸的山巅在淡雾里渐渐隐去，各式白色的船帆也次第靠岸退出视界。肚子开始闹腾，大家纷纷收起行头，预备找一家湖边人家住下。走上湖岸公路的时候，湖边却又热闹起来，原来陷车的吉普招来了一台大吊车，一阵人声鼎沸，突然又似齐声在喊“不好了，吊车也陷进沙里了”。暮色越来越浓，我真不知他们该怎么办。金海湖毕竟是个湖，也许不该太轻视它。

农舍在湖岸山包的崖上，位置绝佳，等我们停下车来，偌大的湖已茫然黑成一片，只有偶尔的车灯急速划过湖面，湖风阵阵夹杂着凉意，隐隐有碎碎的细浪轻轻地拍打沙岸的声音。几条大狗在嗅遍了我们每一个人的裤腿后，终于回到院里，快乐地哼哼去了，只有当家的猫盘在炕上忧郁地看着我们，显得格外陌生。

一个朋友是这家的常客，大家很随意。我提出要自己炒几个湖南口味的菜，老板娘欣然帮我打下手洗菜切菜。其实北方人炒菜最大的问题是做鱼，我实在是不想糟蹋一天钓的鲜鱼。要是在老家，路边任何一家人都能做出美味可口的饭食。我安排老板娘清炖了一只鸡，自己红焖了十多条鲫鱼，又炒了一大盘青菜，就上老咸菜，大家齐声说好，只吃得个肚儿圆。

晚饭后夜已经很深了，湖风比方才急了些，树枝招展吱呀乱响，狗和猫都已不见，怕是耐不住我们大声的吵闹，已经沉入梦乡。月色被湖风刮得很疏淡，云在光彩中急急地奔走，间或山那边湖那边有柴油车轰隆隆地走过，惊起山谷里尖锐的鸟叫声。盯着崖岸望去，金海湖已不见踪影，乌黑一片，仿佛全都被远处的山影收走。

酒足饭饱之后，同事新婚的热力并没散去，大家叫嚷着要新郎官和新娘子咬苹果、滚鸡蛋，两人却并不配合，大家不遗余力地吆喝。新郎官太痴了，急着邀人去湖边夜钓，新娘子却吵着要打牌，两人意见不合，当下就生了气，大家相帮着劝慰各自回了。新郎官很倔，独自一人收拾钓竿，走入沉沉的夜里到岸边夜钓去了。

我一夜没睡好，总觉得是早上湖光微潋的时分了，隔壁女同事的房里隐隐有不断的抽泣声，不知新郎官回了没有，也许她永远想不明白，新婚燕尔，在深夜里独自一人面对沉寂的大湖，这到底意味着什么？

东北寒塘

国庆节刚过，东北的铁岭已经很冷了。熄了火的汽车发动机引擎盖上密密麻麻落满了垂死挣扎着取暖的苍蝇。平原上满目的苍凉，薄薄地笼罩着一层褐雾，树草和其他一些东西都呈现出一派土色，仿佛都要融入那褐色的雾里。

我们是头天夜里开车来铁岭的，过了沈阳大灯已经照到铁岭下高速的指示牌了，车却打了个嘟啰，熄火停住了。朋友是本地人，也许是回家太高兴，连油表都忘记看，车彻底没油了。那已经是夜里两点，北方的天气已经哈气成冰，朋友让我们满一车人待着别动，自己飞奔向前弄油去了。半小时后，一辆高速公路巡逻的大拖车用巨大的前灯照着我们的时候，朋友也拎着一壶油，从光晕中狂奔而来。他惊魂未定，说好在赶得及时，否则拖车一拖就得大几百。朋友的母亲是当地颇有名气的二人转名角，很有些人缘，于是朋友在这里如鱼得水。我们奇怪一个独子怎么会远走异乡。

我们先看了五龙背的山庄和大规模的庙宇，然后又看了城中山上的石塔，从石塔浮雕的女真人图像上找出了朋友与我们这些汉人土著的异同。我们走动了不少地方铺垫的是要去一个农场做客钓鱼，那是朋友未来岳父的私人农场。我望着四下冰凉的寒雾，在想来之前吹得神乎其神的钓技是否在这十月的北国还有些功用，可别把朋友的面子丢尽。

铁岭有能耐的人在郊外都有私人农场。朋友未来的岳父看起来仍然是大帅哥，为人谦和含蓄彬彬有礼。我们赶过去的时候，正好是午饭时间。午饭的大菜是东北的炖大笨鸡，每人面前盛了满满一大碗，是那种大号的菜碗，我心想东北人可真客气。根据南方人的经验，我觉得应该先趁热把这一碗鸡吃了，再用一丁点米饭压一压，肚子里就会很舒服了。可等我把一碗鸡吃完，刚准备用空碗去盛点米饭，一转眼我面前又摆上了满满一大碗鸡。我大吃一惊，对面的老帅哥瞅着我非常满意地点头，说东北的大笨鸡就是好吃吧。我心里愁着呢，瞥了一眼朋友企盼的目光，只好对老帅哥也点点头。一餐午饭下来，我就再没吃别的，为这第二碗鸡付出了很多的努力。饭毕，我打着饱嗝，吐着鸡的气息，感觉有整整一只鸡来来回回地在胃里挣扎。

朋友的女友是独生女，朋友背着手走在农场里，感觉像真正的主人。农场还真不小，有鸡舍牛舍，中央还有两座小小的山，远远望去，山边还有花白的奶牛在埋头吃草。太阳灰蒙蒙地挂在天边，既无力升起又没有落下。散淡的光辉照着农场边连着的几口鱼塘。鱼塘里漂浮着不少冰凌，熠熠地闪着光。农场一家人都陪着我，扛着钓竿往鱼塘里走去。一路上，朋友还很不合时宜地吹嘘我的钓技，但他哪知道那些都是南方春暖花开时的事情。

我尽量装出镇定的样子，指挥大家拿起整块的豆饼往水里扔，鱼窝做得很豪华，着实浪费不少。豆饼砸到水里溅起的浪花都死气沉沉的，我都怀疑在大批的鱼沉沉睡去冬眠的时候，是否还有一条被饿醒了，冒着严寒在水中游弋觅食？我不知为什么莫名其妙地想起金庸描写的明教总部的碧水寒潭。

扔完豆饼以后，再无事可干，十多个人站在岸边，在薄薄的日光里被风吹得瑟瑟发抖。大家一时无语，池塘的水裹着冰凌在凉风中静静地漾动，连一个气泡都不曾冒出。岸边人大多沉不住气，先后悄无声息地闪走，最后塘边只剩下朋友和我。在这种阵势中，我们俩只能装出这种信心百倍的样子。

远远地有狗吠声传来，扰动这北方宽广平原上沉沉的雾气。朋友干脆也收了鱼竿过来陪我聊天，看来他是彻底失望了。冷风刮着我们的脸，手脚都有些麻木。

正在我们垂头丧气准备收竿走人的时候，我的窝子竟然冒起了救命的碎鱼泡。我的心一阵狂跳，浮子轻轻地晃动了几下，懒洋洋的，但毕竟有鱼咬钩了。浮子又轻轻点了几下，却忽然停住了，我捺着性子等着一动不动。浮子像用尽全身力气一样慢慢往上翻，终于快横着水面了，我一甩竿，力道大得惊人，一条两斤多重的草鱼划出弧线，被我直接甩到岸边冻硬的土上，周围立即响起了热烈的欢呼声，声音很夸张。原来大家都没有走远，一直悄悄地盼着这种热闹的场面，我想到这一幕，心里竟有些后怕。朋友最先跑去捉鱼，突然惊异地大叫："哥，你真能耐，一钩钓俩鱼咧！"这一嗓子让很多人都围拢过去，我挤进去看明白了，由于甩竿太用力，钩尖把大鱼的嘴整个刺破，突出的钩尖顺带把边上吃食的小鱼也挂住了。这个小倒霉蛋，成就了我一钩双鱼的钓技神话。现在这俩鱼木呆呆地一大一小躺在硬土上，被一个钩子串住，被众多的人指指点点，狼狈至极。

在一片夸耀声中，我收起了钓竿。大家都奇怪为什么不多钓两条，只有我自己清楚，不是运气好，哪有什么鱼咬钩呢？不过毕竟有了得意扬扬退却的资本，大家也只好惋惜了，我的朋友陪着我往家走，气宇轩昂，脸上焕发出动人的光彩。

晚饭仍然是在农场，大家都非常高兴。听见主人家讨论，晚上改吃鸭子，然后看见有人扛了一麻袋至少有七八只嘎嘎乱叫的鸭子来的时候，我暗暗地提醒我自己一定要吸取中午吃鸡的教训。农场里竟然没一个人会杀鸭，我趁着兴头主动来挑战，结果鸭被我割开喉管流了很多的血以后仍然满地乱跑，弄得大家围追堵截筋疲力尽才倒下。我想起今天做的两件杀生的事，让鱼和鸭都十分狼狈，心里很惶恐，阿弥陀佛，愿它们超生。

山边的花白奶牛围拢到我身边，静静地嚼着我脚下新砍倒的一片高粱秆。我举起一片嫩叶，一头小奶牛用毛茸茸的眼睛瞅着我，犹豫着走上前来，把嫩叶吃掉，然后用温润的舌头在我手心里舔了又舔，我倍感安慰，仿佛刚刚手里的血腥味都舔尽了。

晚餐大家都喝得有些高，我趁着酒兴还做了一个湖南的小炒肉。饭后，浓浓的夜幕已经落满整个农场，我们把汽车大灯打开，把音乐声开到最大。大家都很感动的样子，在刺目的光晕中，伴着沙哑的歌声，尽情地跳起了舞。我和一个叫张浅潜的搞前卫艺术的女孩，找了一根长长的高粱秆，一前一后吆喝着在混乱的歌舞声中骑起了儿时的快马。

一年以后，那一拨去东北的朋友都散了，后来听说那个叫张浅潜的女孩自杀了，再后来我在雍和宫的巷子里意外地又碰见了她。叫了她一声，她抬头看见我迷惑地笑了笑，然后沉思着独自走远了。她那时在前卫艺术圈内已经颇有些名气了，而我们依然不知所终地开车四处乱晃。

威海卫

多年以后才知道，威海在上世纪初是和香港齐名的英国占领区，当年也是规划齐整秩序井然，连出租马车都严格发放号牌，按单双日行驶。只是英国后来弃守威海，转而专注香港，若是反向选择，不知那时的威海卫今日的威海又会怎样。

历史很多时候是玩笑似的偶然，而我们这些一如尘埃似的小老百姓做出选择的时候，反倒是极其谨慎小心的。想当年我最后留在威海，也是一路从北海、深圳、上海、青岛北上细细看过来的。2006、2007 年的时候，干活比较勤快，身上就剩出了一个房钱，当时像吃了兴奋剂似的，一定要在海边买个房。

就这么从南到北，历时大半年，终于找到了威海。那时车还崭新，里面从老到小坐的是定初先生、坚哥和我。开着车漫无目的地顺着海边溜达，甜腥和顺的海风里糅进阳光的味道，从车窗里吹进来会很醉人的。定初先生就这么沉沉地睡着。我们看到海水浴场边一幢楼贴在玻璃窗上的租售电话，随手拨过去，不一会儿一个很有喜感的光头男出现在我们面前。定初先生嫌楼太高，在车里睡觉，我们就随那个自称老刘的光头男爬上了这楼的702房。定初先生错过了，也就再也没来过我威海的家，至今开玩笑，他还说到过我家的窗户底下。

看房选房是很辛苦的，顺着那一溜海滩，我们看了不下十家。其间还碰到定初先生的双峰老乡小蔡，很热情地帮忙张罗了一阵。谁也料不到光头老刘带我们去的这个702就成了我家，连带光头老刘也成了我们很好的朋友。

折腾这房子的转卖手续花了不少精力，记得那一年我连续两次从长沙开车到威海，也倒腾了不少自己喜欢的坛坛罐罐过来。之所以这么卖劲，除了喜欢这一片水这一片海，主要还是那年九月份碰到两拨钓鱼的人。一拨是站在楼上就能看到，挽着裤腿或穿着胶鞋站在沙滩上钓鱼的，他们不停地抛竿起竿，钓起的鱼比指甲盖大不了多少，却高兴得不行；另一拨是从天文台下的山崖刚翻上来的，随手握着个小短竿拎着个塑料袋，一看一斤多的鱼钓了好几条。问是啥鱼，“黑鱼”，威海话说这两个字的时候很硬，仿佛憋着不小的火气。

我想当然地认为海钓原来是这样的轻松愉快，于是很坚决地在威海国际海水浴场这片金黄的沙滩上的第一栋楼里安家了。

当然这里还是很好的：每天可以看到深色的大海上的日落，还有沙滩上、栈桥上一拨拨的钓鱼人。到入夜很深的时候，还可以看到星星点点的红光蓝光，那是漆黑的夜里，夜光漂泛出的光亮。

当第一个夏天站在威海 702 房朝海的阳台上，听着电视里的天气预报，长沙那边又是酷热难忍，我和坚哥相视一笑，到底威海是来对了。买下这个房，坚哥替我下了大半的决心，他那时也碰到一些麻烦事，正好跟我一块到威海来躲清静。他是我碰到的最勤快最能把工作生活打理得井然有序的人了。每天看着他扫地做饭叮叮哐哐地搞各种修理，我便有些愧疚，也努力地勤快起来。

威海的渔具在全国很出名，我跟坚哥开着车在威海大大小小的店铺转了很多天，等那天戴着顶极像鬼子兵进村时的防护帽回家引得路人纷纷侧目，这才算彻底准备停当，终于可以开钓了。

首战之地我们沿着海岸线挑了很久，要旗开得胜可马虎不得半点。那是在离金海湾二十多公里的一处悬崖公路的绝壁下，前面是一望无际的黄海，海面时常静默如镜深邃无边，只偶尔有远远的大船或晚归的渔船才划破那静谧。悬崖底下是几块大圆石，刚好落脚，常常有钓鱼人在这里驻足。我和坚哥两人长长短短的鱼竿背了一捆，鱼兜抄网不一而足；我们俩舒口气，收拾心情，小心翼翼地顺着陡崖爬了下去。

崖底已有几个人在钓鱼，竿子抛得很远，稳稳地用手握着。见我们俩有些狼狈地爬下来，就友善地笑笑，提醒我们千万小心，别滑到海里。我看一个人还戴个厨师的高白帽，心里就有些好笑，未必就等着钓上鱼去急匆匆地蒸和煮？那人见我有些好奇，就自嘲一笑，说他们就是这附近餐馆的厨师，抽空出来钓鱼玩一下，连帽子也忘取了。我仔细请教了他们这种远抛的钓法，也想试试，就从坚哥手中拿过一根短海竿。坚哥那时从来没钓过鱼，一切关于钓鱼的事都是听我吹嘘的，为此他还认真地叫我师傅。我接过他递来的海竿，检查一下铅坠摇轮，严肃地对坚哥说：“看我的！”然后死劲往前一抛，只听嗖的一声，好半晌，铅坠才远远地砸开海面。坚哥还没来得及叫声好，突然瞪着我的眼神好古怪，像憋得难受的样子。我莫名其妙，等低头一看手上的竿，原来整个竿线已空空如也。突然意识到，估计刚才抛竿用力过猛，连坠带线全都摔海里去了。我瞥眼坚哥，难得老脸红一回。这以后坚哥仍然坚持叫我师傅，但那两个字里面，我听着怎么都有些怪怪的味道。

那天很是尴尬了一阵，大家都默不吱声。我用矶钓竿又尝试了下，终于钓上了两条小黑鱼。厨师们先走了，我们也跟着往回撤。坚哥为了安慰我，特意从悬崖底费劲背了两块石头上去，至今还放在我家面海的阳台上。当时我还心存感激，现在看着那两块石头时就记起那天的尴尬——坚哥的深谋远虑还真是了得。

随后那一阵子，我们疯狂地钓鱼。礁石、码头、栈桥、沙滩，沿着威海的海岸线折腾够呛，才明白海钓可不是想当然那么容易简单。

从家里阳台看过去，左边湾尽头是一片礁石，右边湾尽头是金海湾酒店延伸到海中间的栈桥。这一左一右是我们最常去的钓点。威海有一个让人十分讨厌的地方就是很多崖礁旁是不让人钓鱼的，有各种各样承包养殖的名目，经常有巡逻的人态度十分恶劣地来赶人。其实这一望无际的大海，不都是大家的吗，怎么能划到私人名下呢？

所以无论是左边的礁石还是右边的栈桥，处处都得小心，不敢轻易越雷池一步。左边的礁石群只有靠沙滩几块是可以上去钓鱼的，再往里就立了森严的牌子："海参养殖基地，严禁钓鱼赶海！"稍有逾越，就有巡逻人员来呵斥你，让你的心情冰凉沉入谷底。右边海湾里的栈道，白天一般少有人去钓鱼，海边的太阳可不是一般的厉害，那是晒咸鱼的模式。入夜凉风习习，那里才是钓鱼的好地方。只是晚上十二点之前，栈桥上灯火通明、杯盘交错、音乐浪漫，是五星级酒店高档的夜宵场所。只有子夜以后，喧嚣过尽，钓鱼人才陆续聚集，踩着油腻腻的桥面，见缝插针找位置抛竿下钓。旅游旺季时，栈桥上前前后后都是人，花花绿绿各种颜色的夜光漂，在夜的海的深处把栈桥包裹得熠熠生辉。

有时候在栈桥钓鱼，回望沙滩边自家住的那栋楼，通明的灯火鼎沸的人声从近在咫尺的海湾那边传过来，恍恍惚惚觉得一切皆在梦中。栈桥上钓鱼大都挤在面海的那一块，一个挨一个的人一根挨一根的竿，场面比钓鱼比赛火爆多了，心理素质不好的极易受到打击。

有回在栈桥夜钓，也是一堆人挤在一块，紧挨着我的是一个东北老头，估计是领着一大班子人来的，话特多，特显摆。他就用个简单的矶钓竿，每次抛竿都越过我的手竿几乎贴着我的鼻子甩出去，我都能闻到他竿上的鱼腥味。可人家每次甩到漆黑的海里，摇上来就是一条不小的黑鱼，他钓十来条我可能只能钓一条。这我还能说什么呢？两个多小时下来，老头钓了大半桶，四周的恭维声此起彼伏，我实在扛不住了，只好灰溜溜地走了。走出栈桥，在凌晨两三点的黑夜，我回头狠狠地吐了口唾沫。

有意思的是，口口声声没钓过鱼的坚哥在威海钓鱼比我牛多了。不管在栈桥还是在礁石，他都比我钓得多。他的诀窍是一通乱扯，只要浮漂稍微一晃就扯，有时看着明明是海浪晃的，他却扯上了鱼。我都恨不得叫他师傅了。

坚哥从此如鱼得水，威海的海钓对他来讲是那么的轻松随意。有次去一小渔港钓鱼，大家都老老实实地待在码头上，坚哥却远远地翻上了码头边的礁石，一会儿就惊呼一声："嘿！又一条！"引得码头上的人纷纷侧目。到了天黑，他还不肯走，整个码头上就数他钓得多。我看到他在礁石的角落里，被码头上明明灭灭的灯火映着脸上兴奋的影影绰绰的亮光，心里别提多寂寞了。回到家里都快晚上十点了，他却兴奋得睡不着觉，眉飞色舞地跟我絮叨，然后就一直兴奋到第二天上午，才红肿着眼告诉我，他钓鱼的时候被什么东西咬了。撸起裤脚，腿一片片红亮亮的肿。坚哥急急忙忙去了医院，西药、中药拎了一大包回家。从此他就开启了和皮肤瘙痒作斗争的人生，这都多少年过去了，至今还没好利落。码头那天海钓的代价实在太大了。

海岸边钓鱼，就这样逐渐失去了诱惑力。有次偶尔在一个渔具店看到一个出海船钓的电话，从此就认识了一个叫陶威的本地渔民。头回约好船钓，这哥们直接就把我们给震了：刀削似的轮廓，黑红红的脸膛，帅得丁零当啷的。只是一口本地话讲得飞快，再配上一股傲娇的气质，还真不是服侍别人的主，我就差劝他去演戏做明星算了。

神钓者黄二造像　　黄定初 · 纸本墨彩

那天海浪很大，他问怕不怕晕船，见我们都淡定地摇头，就把船推离了码头。他的船很脏很乱，我们又被他逼着穿上铠甲似的救生衣，被酸臭的鱼腥味熏着，手脚都没地方搁。老陶一脸的凛然，领着我们在风平浪静的渔港里找各种船间缝隙钓鱼。只是鱼不大也不多，尤其穿行在硕大的静静停顿的大船间，听着港口外呼啸的海浪声，而我们船舷边的黑黝黝的海水却纹丝不动，一种诡异的阴凉就涌上全身。等到小船划进大船的阴影里，更觉得寒气逼人，仿佛停顿在水世界另一面阴冷的门前。

我坚持要把船开到港口外，老陶直直地看着我，问："你确定？"我和坚哥同时点头。老陶迎着风浪就往港口外开，船头激起风浪，吹过老陶的衣襟和乱发，气势勃发，感觉一时浊浪滔天也应存有这样的英雄。可惜船刚驶出围坝，迎头几个大浪，差点没把船给掀翻。好在老陶技术不错，在大浪间努力掉个头又驶回了港内。平复下狂乱的心跳，我看到了老陶促狭的眼神。

这下谁也不提什么，任由老陶引船钓鱼，后来老陶也累了，把船系在一个小拖船旁，熄了发动机，独自躲到拖船舱里睡觉去了。剩下我和坚哥还在小渔船上钓鱼，刚被风浪狠狠摇晃过，头有些晕晕沉沉，一时没留意，小渔船竟然悄悄滑开了。等我和坚哥发现小船离拖船越来越远，大声喊老陶时已经来不及了，小船顺着水流往港口外越走越快。老陶站在拖船上急得直跳脚，这要让我们冲出港外，放逐惊涛骇浪间，哪还有命在。我和坚哥不知所措，慌乱地把船上的网绳也往外扔，可惜老陶也接不住。只见老陶一猫腰，迅速跳到另一艘拖船上，又跳上一条，又一条，终于迎头在港内最后几条拖船上拦住了我们。他纵身跳上小渔船，立刻扯发马达，哒哒哒一阵呛鼻的浓烟冒过，小船终于开了回来。

我们都长吁了口气，老陶觉得缆绳没系紧，让我们受了惊吓，就主动找一些更有鱼钓的地方，有意无意还捞上两个养海参的铁笼子，送了我们几根海参。

回家后坚哥亲自操刀把几根海参拼命熬了，可惜像橡胶一样难嚼。他嚼得眼泪花都出来了，说野生海参怕就是这样的。第二天一早起来，坚哥告诉我野生海参好厉害，一身痒得不行，然后又跑医院去了。好多年以后，多吃了几回海参，才知道海参烫熟即可，煮久了是咬不动的。

那以后找老陶出海钓鱼就成了我招待客人的一个重要项目，很多老师朋友都来过，手气最好的莫过于曾同学，她那一天晚上月黑风高的竟然连着钓上四五条两斤左右的大黑鱼。老陶对此记忆深刻，每每拿来打击我。而我是惨不忍睹，常常连陪衬的绿叶都算不上，有次居然连钓十几只海星，让我对船钓顿失信心。

消停了好长一段时间，好在一次排钓让我挽回了信心。那次家里来了好多人，老郭辗转帮忙联系上排钓，坚哥坚持帮我和珊哥特意配上统一服饰，我们仨闪亮亮统一的白衣灰帽，很有些职业的派头。

渔排离市区挺远，沿着海岸线一直要走到郊外的电厂。小渔船把我们渡上渔排，才知道渔排的阔大，一大片一大片挨着，散落其间的一个个小木屋，就代表着一户户的养鱼人家。朋友带去的这家养鸦片鱼，说是专门卖到上海，销路很旺。老板很热情，告诉我们用喂鱼的沙丁鱼做饵就行，运气好能钓到大的。

珊哥是最逗的，我和坚哥还在挂沙丁鱼的饵，珊哥就大叫“挂住了挂住了像大鱼！”要我赶紧过去看看。我心里一阵郁闷，下次再也不带这种不会钓鱼的人出来了，尽耽误事。可从珊哥手里把线接过来，就感觉不对，沉甸甸的左冲右突，绝对是大鱼没错！等把手指都勒出血，噼里啪啦把鱼扯出渔排的夹缝，这鱼在阳光底下散发出透亮的银光，至少有七八斤。渔排上好些人围过来看，都说咱渔排下还有这么大的梭鱼？于是纷纷拿出钓线，尽往水下招呼。这下可热闹了，前后左右一条条大梭鱼被扯上来，我们仨忙得不行，紧张得不行，心跳那个快啊。

到了中午时分，梭鱼群才慢慢过尽，大家也消停下来歇口气，抽支烟，老板热情地请我们去小木屋里吃饭。新鲜的梭鱼饺子端上来，浓香扑鼻。主人端起酒杯第一句话就是感谢我们带来好运气，说多年没碰到这么大的梭鱼群了，他们钓了一百多斤梭鱼。

梭鱼群走了，下午就再没钓上什么像样的鱼。日头迫近海面的时候我们回到家里，扛着一麻袋几十斤梭鱼，把我妈惊呆了。她开始还以为我们在市场上买的，这么整齐漂亮的大梭鱼。冰箱里满满的全是梭鱼，一直到我们十月份离开威海都没吃完。

这以后坚哥忙着去崇明岛办农庄去了，我也就孤单下来，好在深圳的堤洪君，虽在万里之外，却引我认识了威海台的老肖。他是威海湖南同乡会的常务会长，这样我一下就找到组织了，其间老乡聚会大醉数次，又结识老吴、老文、老谭好几位兄弟；特别是彦鹏老弟又让我认识了山大美术系的一帮哥们，尤其是老梁让我有相见恨晚之慨。

老梁一脸浓密的大胡子，完全典型的蒙古大汉，那天在某山腰的一处道观吃饭，一曲《嘎达梅林》直接把我唱哭，我也脱光膀子回了他一首《最好不相见》，把他也整哭了，从此便惺惺相惜。老梁是典型的艺术家，他的常态是六七分醉。有天他剃干净胡子，一脸清醒地叫我，我都惊呆了，这还是老梁吗？但不管怎样，他是我见过的最牛的摄影家，拍的图片都跃跃欲试要跳出来跟你叙说些什么。更震撼我的是他从水下拍的那些，船呀、人呀、天呀，梦幻的、七彩的、摇曳的、断续的、呢喃的，那不正是藏在水底的鱼的视角吗？

一聚一醉，何以解忧，唯有钓鱼。小石岛、刘公岛、养马岛、成山头，鱼是越钓越远。可是每每劳顿一天回家，站在朝北的露台上远眺大海，看着月升日落，华灯次第绽放，映着金色的沙滩和幽深的海浪，又悔不该远行，栈桥上、沙滩上、礁石上哪儿都是快快乐乐的钓鱼人，自己又何必舍近求远呢。

老符和老聂也先后从海南到威海来寻我，把南海的气息带到北边来了。可惜几次船钓都收获不大，老聂爱琢磨事，说你车库里不有现成的橡皮艇吗，晚上划出去钓个鱼试试呗。

老聂说他当年是哈尔滨皮划艇比赛的好手，等划到海上他确实没吹牛，小小的橡皮艇嗖嗖的，轻松就划出了防鲨网的范围，我心里却不踏实起来。离沙滩很有段距离了，四周漆黑一团，软软的胶皮船底仿佛能觉出暗流的涌动，小船晃晃悠悠，在黑夜里起伏，岸边的海浪声已隐不可闻。只有当下流行的《小苹果》的歌一遍又一遍地传来，一忽儿近一忽儿远，我赶紧劝老聂往回划，万一橡皮艇漏气那可麻烦了。

小船终于划回了防鲨网里面，手把线放下去，鱼竟然挺多，噔噔噔就开咬。那是令人沉醉的夏夜的海，斜靠着软软的橡皮艇，凉风吹来岸边热热闹闹的烧烤摊上的人声歌声和大海深处明明灭灭的渔火，手把线轻颤，一会儿就扯上一条肉滚滚的大头鱼。

就这样连着几个晚上，我们过足了钓鱼的瘾。只是鱼多又舍不得，那天很晚就做了一大锅黄焖鲜鱼，叫上轩他们几个小朋友来吃鱼。轩、晖他们几个90后跟我特有缘，南来北往几次，算是行走的小鲜肉。我们坐在宽敞的露台上，四围是升腾的浓酽的海的气息，月亮很圆，白里透着些橘黄，照着两边墙上我画的那些硕大的长睫毛的蓝眼睛，影影绰绰地弥漫出一股淡淡的忧伤。几杯啤酒下肚，我开始有些晕晕乎乎，静静地听小孩们嘻嘻哈哈地讲故事，心却悠忽远近。北京、长沙、文昌几个地方来回跑，我想起那里的也在灯下月亮下的亲人朋友，温暖柔软得一塌糊涂，潮乎乎地和这海边的夜连成了一片。

杨梅坑

1993年七下深圳，铩羽而归，印象最深的是钱粮无着，寄住的朋友家漏雨的房子和整夜被大气锤敲得能跳起来的小钢丝床；下一世纪的2004年再闯深圳，已经是啃着长沙的酱板鸭开着Paladin领着一队摄制组来的，饱暖之外，印象最深的却变成玻璃一样海边的杨梅坑。

出深圳往东，过大小梅沙过南澳，绕过大亚湾，穿过一片海边的小村落，顺着长满薅草的山崖往里，一大片翠汪汪的海水尽头就是被南方疯长的青山环抱的小沙滩，这里就是杨梅坑了。

头一回来杨梅坑是华娱的陈导拍外景，弄一个新节目，要我们来捧场，听说还有华娱的镇台美女，我们自然高高兴兴地来了。那是一个偷拍的情感SHOW节目，找一多情男，弄若干美女若干关键，设一些偶遇。当时只恨自己年纪大，不能亲自披挂上阵。

是日风很大，吹皱一片连天的海和身后满山的绿。电视台的人远远地藏在礁石后偷拍，周围的海滩上挤满了各式作托的美女，吊带、比基尼、泳装及被风撩起的长发；还有那个失魂落魄的男角。我和梁导舒舒服服坐在树下喝茶看戏，一个已经老迈一个快要不惑，已无余力，只放纵老梁的阳光少年投身到沙滩上的那场火热虚套的游戏，心下却为男人大叫可怜。

陈导以她女性独有的狠劲细心指挥这场戏弄男人的游戏，可怜的老梁和我都被派去游泳和打排球。只有那个男角痴了似的在拼命地找那女导游，对其他引诱他的美女视而不见，想不到还真是个痴情人。

我和老梁不忍再掺和下去，独自在一海边渔家吃饭，却意料不到的好。渔家每天到海里自己钓啊捞啊整点鱼虾，一天品类多少都不尽相同，客人来了就让给客人吃。那是真正的野味，加上老梁一口地道的港腔调理指挥，虾呀鱼的，头一回那么鲜美。几瓶啤酒下肚已管不了帅哥美女了，摸到树下的吊床沉沉睡去。

醒觉已是涨潮时分，我却不悉海性，独自一人一竿随着夕阳顺着沙滩边的海礁往深处钓去，越钓越走越远。我哪管这些，只顾得被海浪荡得起起伏伏的鱼漂。

暮色已起，岩石上爬满了慌乱的小蟹，身后的涛声愈见张狂。我一回身，来时路已海水涌动浊浪滔天。我只好独自爬上一块高高的礁石思量退路，却见远远的沙滩上有手电光晃动，涛声的间隙还有人大声唤着我的名字。我努力想张嘴应答，却被海风灌退。坐回礁石上，握紧钓竿，海风吹乱了我的头发，望着天际被风搅乱的隐着霞光的铅色的云和远处沙滩上焦急的人影和电光，我忍不住热泪双流。

在浪头的间隙，我努力用鱼竿钩住了一根山边的藤蔓，爬上了山崖，穿过密不透风的灌木，终于回到了沙滩。这时老梁已急煎煎脱了衣要蹚水过来寻我了。

南方海边的夜是浓稠的密不透风的黏糊糊的潮。沙滩上已搭起了五颜六色的帐篷，燃起了橘色的篝火，明灭的火光下围拢的是青春年少游戏过后动了真情的脸。吉他声呜咽，有低低的男声唱起了歌，淡淡的伤感乘着夜雾弥漫开来。独身多年的老梁脸上渐渐写满了感伤，我也痴痴地望着漆黑一团的大海深处几点被水波涌动的渔火默然无语，任沙滩上的钓竿被风吹得东歪西斜。

有两个曼妙的身影相牵着走到篝火的尽头，对着大海翩翩起舞，琴声愈发低沉，寒意渐浓。我说老梁走吧。老梁点头，却舍不下他的儿子，大喊：猪宝！猪宝！可他儿子正在兴头上，哪里肯走。我估计这平常冷峻高傲的台湾少年真动了凡心。

离开海滩翻上后山，山道上竟然有朦胧的月光。影影绰绰镀上一埀银光的树影下但闻涛声，美女帅哥已杳无所踪。我，老梁，陈导，还有我的搭档帅哥老易，连同吃饭时喂过鱼骨的两条热情的一路摇着尾巴送我们上山的狗，一齐走在月影斑驳的山道上。

隐约见到后山的山庄大门，突然一阵犬吠，几十条狗影从暗处扑过来，我们头皮发麻惊愣立在原地，相送的两条狗却勇敢地窜了出去，加入乱战。狗在我们脚边窜来窜去，一忽儿东，一忽儿西，撕咬低吠此起彼伏。也就一会儿工夫，一大群狗忽然散了。于是两条狗摇起了胜利的尾巴，昂首阔步把我们直送到山边的小木屋前。我们很感激，邀它们进屋，它们却死活不肯，拖都拖不进来，只是在楼梯下眼泪汪汪地看着我们死劲地摇尾巴。

它们在楼梯下守了我们一夜。

四个人挤在一个屋里，大家都被美女帅哥搞得有些心猿意马，好在一天太累，不久无语睡去，一夜相安无事。

次日风和日丽，海天相拥蓝成一片。

阳光晒进山坡上的小木屋，走出来看，山庄竟在一个海岬上，三面邻海一面随山，尽享上乘风水。我们七零八落地迎着晨风，爬上山边的悬崖，海在极目处已成弧线，有星星点点的船从世界那头翻过弧线摇摇晃晃地相随着往前。崖底的浪却奔涌呈万千气象，在崖壁巨大的空穴里吞吐进出，发出低沉的轰鸣。回首有浅笑嫣然随风送来，台里的哥们在木屋边架着机器努力工作。

走回木屋，脂粉气骤然扑面，几大台花齐聚一屋。更有一瘦长女子戴着目镜端坐在里屋沙发上，见我们进来，忽地摘下目镜猛然逼视。本来在外阳光晃眼，一见此脉脉含情又似颠似怒又如动物般凶猛的目光，如遭电击，心跳加速；女子却忽地嫣然一笑，戴回目镜，仿佛关了电闸。后来才知道这是最后的杀手锏——久未现面的四号托，可怜的男角！

大家熟了，四号骄傲地告诉我，没有一个男人能挡得住她一分钟的逼视，如果遇上了她就嫁给他。围着的好几个男人高矮胖瘦从老到小估计都被她电晕过，心下便一齐七荤八素翻江倒海很不是滋味。

只有那男角，呆立木屋阴处，忽地长叹一声：这以后我还怎么谈恋爱？

回程大家各想心事默然无语，只有猪宝吹起了口哨。一星期后有消息传来，女一号导游和猪宝迅速好上了，两人赫然住到了一起。老梁说来，也是叹息，大有老子不如儿子之慨。

自打女导游归了猪宝，日子就过得快起来了，镇台美女们也各自东奔西走分崩离析；我们跟台里的委制合作也告一段落，准备北撤。

搭档帅哥老易提了最后一个要求，去杨梅坑再看看，与上回不同的是，这次尽是男人，老易，曾叔，我舅，色彩十分单一。

几个人仍是在渔家吃饭，可这次渔公渔婆都在，老公当然掌勺，老婆只敢打下手，说海边上的人都是这规矩。老梁又不在，没人调理，老公自信满满，手艺却大失水准。其实老婆高大健壮眉眼周正，可对着黑瘦矮小的老公却低眉顺眼百依百顺，这样扭的瓜也甜。

这回特意加备了钓具，但线呀钩的还是钓淡水的，都不大对，最后只钓了两只小蟹，草草收场。几步外却有老手，穿着胶衣胶裤，走进滩头齐腰深的水里，扬着手里短短的竿梢，像哈利的魔术棒，一会儿就从翠蓝的水里扯出一条银色的扭动的小鱼；晚来远远的夕阳衬着，像海中的舞者，只瞧得人如痴如醉。

意兴阑珊，就往深圳回，顺道到处都是农家窑鸡的招牌，前次就很好奇，这次就找家林子深的进去了。岭南人会过日子，靠着一个葱茏的山，在林子里围出一个大院，芭蕉芒果荔枝树疯长，鸡鸭鹅狗四处乱走，一个长条形的塘围坐着各路来的食客。山边的坑里挖出一炭窑，一只只活杀的仔鸡涂上佐料裹上薄锡纸就在窑里烤着，浓酽的香气在林子间钻来钻去，搞得胃部压力很大。

我却在钓鱼，补一补刚才海钓没过的瘾。先用湖南带的糠饼粒钓，鱼们不闻不问；曾叔教我用这里杀鸡剩的鸡肠，结果一钓一准，鱼们手忙脚乱地抢，一伙儿就钓了十多条罗非鱼，大过其瘾，引得食客纷纷侧目，自己仿佛也成了手握魔棒的波特。

窑鸡上桌，酥香四溢，当然还有刚钓的罗非。就着几瓶啤酒，夜色愈加朦胧。周围的食客已隐入林深处，只闻吧嗒嘴的声音，不辨面目。

我们就这样乘兴回了深圳，一路唱了很多陈年的老歌，回想起来已记不清曲调。

省委大院和橘园

我第一次来这里印象深刻是因为极小的时候在第一办公楼前撒尿被站岗的解放军呵斥；许是因为毛主席家乡的缘故，湖南省委大院格外深邃阔大绿树成荫，国民政府时期程潜建的那些红砖黑瓦的办公楼掩映其间，煞是好看。过去这里有大片的橘园和梨园，每到秋天，当干部的父亲分回家的橘子梨子足足有两麻袋。

那是二十多年前的事了，那时的省委大院真的是一个门类齐全的小社会：医院、煤气站、粮油店、奶牛场、养鱼场等一应俱全，只是院子太大，从东头到西头坐公车怕有好几站路。这就成了小孩子们的天堂，出门随便找个理由就可以小半天不回家，撒开腿往林子里一钻谁还能寻得到人。

等父亲终于安顿了，把母亲和我接进这大院的时候，我已经读高中了，半大不小的人再难融入那群骄傲的省委子弟中间。这与我极小的时候大胆地在办公楼前撒尿已经迥然不同了，我那时孤单羞涩而又极其敏感。

第二次来到这大院真真切切地生活在里面，留在记忆中的就是那漫天笼罩着的橘花香。

开春不久，大院里各个角落的橘树就打满了花骨朵儿，惊蛰一过，春风阵阵，细雨纷飞，催促着这些密密匝匝一眼望不到头的橘花层层叠叠地绽放开来。那种浓浓的香，夜色、雨雾都遮不住，整片整片地扑面而来。花香太浓太烈，经过橘园的时候每每脚步踉跄飘飘欲醉。雨雾初霁太阳一出，成群的蜜蜂扑进花海，怕是多半要醉倒在里面。

风狂雨乱一夜之后，橘花香戛然而止，一丛丛白花片片飘零，细看枝头已冒出绿豆大小的橘仔。繁花散尽，大片的橘园悄然安静下来，枝枝丫丫一丛丛低眉顺眼，极像压抑着喜悦满怀待产的孕妇。

这个季节雨水颇盛，橘园里排水壕沟纵横。一阵大雨，这些雨水就聚到一处流往围墙边的大阴沟。大阴沟里常年盈水，又连着院子东头的一大片鱼塘，偶尔还能看到沟里逆水上来的惊慌失措的大红鲤鱼。但那时候家里都管束挺严，没有谁敢下手去抓；即算抓到了，一时兴奋拿回家也免不了一顿好揍，然后被气得不行的老爹拎着耳朵抱着大鱼送还园林队。所以碰到沟里的大红鲤鱼，大家也只是来来回回追着扔两圈石头，把鱼追得又蹦又跳，恨不得能爬上岸来跑掉。

三月到五月是钓鲫鱼的好时候，桃花盛开，东头的大鱼塘里真的是落英缤纷。20世纪90年代后，省委院子里管橘园鱼塘的园林队也开始有了经济头脑，原来禁地一般的公家鱼塘也内部开放了，按斤论两，大小鱼任你钓。惊乱一池春水，把肥硕的土鲫鱼从密密飘零的桃花瓣中扯出来，那的确是非同一般的享受。那时候的塘边泥泞难行，四周皆是荒草杂树，全然不是现在充斥着水泥卵石亭台楼阁了无生趣的样子。记得靠橘园的这头有一棵很大的垂柳，我在那下面躲着日头，用蚯蚓钓鲫鱼的时候，竟然碰上了一条大草鱼，足有十多斤。它大概饿晕了头，抑或跟我一样在柳树底下乘凉，兴之所至，结果悔恨终生。现在那棵上百年的柳树早被连根锯掉，根部都没放过，被细细地抹上了一层厚厚的水泥。

橘园在那棵柳树被砍掉后苟延残喘了几年，虽然只是改革不是革命，但仍能见出湖南人那种翻天覆地的本事。我那时已经是个远离家乡长了些见识内心深处很是骄傲的大三学生。

跟骄傲和燥热一同来的是一个炎热的暑天。

一哥们跟我一起回家过暑假，他一进大院门就被连片的橘园惊呆了，嘴里念念有词，连声说好。那时橘园已经深沉墨绿成一片，早不是早春惹人心跳花开浪漫的那一刻了。我当时并未在意那哥们说的好。

可能是因为钓鱼的缘故，我跟这个叫顺的哥们莫名其妙地要好起来。他是隔壁学院的研究生，却格外精熟钓鱼这一套。跟我一样从小在乡下长大，泥里水里跟鱼斗气摸索出一些真知，不过他比我更牛，从身上看就晒得比我黑。

有一天夜里他拉着我要去看橘园，我以为他馋那些半大不熟的橘子，劝他说现在很难吃的。夏天橘园里有不少的蛇，常常还有跑出来在柏油路上被车碾死的。我找了两双套靴打着手电弯腰钻进了密密的橘树林。看上去很美的橘园钻进去以后却充满了阴暗和未知，在黄黄的手电光晕里，低矮的枝丫横七竖八没有尽头。我头皮开始冒冷汗，生怕惊动了某条盘在大树上的悠然歇凉的大蛇佬，突然给脖子上来一口，那毒火攻脑，不死也废了。

顺忽然拉住我，指着前面一洼浅水，悄声对我说："看见没有？"我紧张得不行，问："是蛇？"顺说你看那些泡子都是鳝鱼吐的，有多大！至少是两斤的大鳝鱼。我这才明白他到橘园里是来侦察鳝鱼的。我不由得也兴奋起来，跟着顺一脚深一脚浅地找这些水洼，等我们筋疲力尽弯腰驼背钻出橘林时，还差点被巡逻的联防队员当偷橘子的抓了，我们反复让他们闻手上的气味，翻开所有的衣裤口袋才作罢。

我们过度兴奋，反复聊的都是鳝鱼，一夜无眠，等着第二个夜晚的来临。

早早就起来，红肿着两眼，兔子似的，把钓鳝鱼的东西准

他日　　黄定初·纸本墨彩

备好，挖了满满一罐又肥又青的蚯蚓，用大钩穿上了粗线，找了两根粗的竹竿，还翻出了多年未用的竹鱼篓准备装鳝鱼。万事俱备，就等晚上的好戏。

暮色四合的时候我已经耐不住了，顺劝我再等等，说鳝鱼夜深人静才出洞觅食，精得很。那一晚电视也看不下去，终于熬到了火车站钟楼十点钟的轰鸣。

钻进橘林，顺按住我慌乱的脚步："嘘！别惊走了鳝鱼。"我们蹑手蹑脚找到了一个吐满了浑浊泡沫的水洼，顺让我先过瘾。我把短粗的竿子伸过去，在水里来回摆动，突然一个大力扯住钩子往水里拖，我死劲往外拽，顺叫着要我慢点，已经晚了，嘭的一声钩断了，我后悔得直跺脚，这鳝鱼力气真大。顺说要引蛇出洞一样把鳝鱼引出来，在洞里盘住就很难钓。顺把上满了大蚯蚓的钩伸到水边抖动，鳝鱼真贪吃，不一会儿一个蛇头一样的大脑袋伸出了水面，把我惊出一身冷汗；顺又把钩往前逗了逗，大鳝鱼赶上来一下咬住，顺抬手一扯，一条一尺多长的大鳝鱼就被他装进了鱼篓。我不由佩服得五体投地。我也学着顺的样子在水洼边晃，终于引得另外一条大鳝鱼上钩，也把它装进了鱼篓。

但硕大的鳝鱼扭动滑腻冰凉的样子极像蛇，我心里有些发毛。随后我们又找到几个水洼，顺手到擒来，钓上不少，我却慢慢没了兴致。顺后来连旱的小洞也要去逗，还真让他逗出了鳝鱼。我却一直担心他逗出什么蛇来，顺说蛇洞是凉的，鳝鱼洞是热的，我问难道你看得出冷热？他轻巧地说用手指捅进去试呗，我毛骨悚然，越发觉得鳝鱼其实就是蛇，连装满鳝鱼的篓子我都不敢提了，说不定囫囵吞枣里面就夹杂着没看清面貌的蛇，我一身凉到了脚。

橘林外巡逻队员一声断喝才终止了这场恐怖的游戏，钻出橘林我已经浑身湿透，面对巡逻队员严厉的盘问，我也觉得非常的温馨善意。回到家很久我才缓过神来。

顺第二天夜里又要拖着我钓鳝鱼，我借口巡逻队员管得严死活不从，顺很不爽，第三天便提出要回家，我也不敢留，怕又要钓鳝鱼，顺便悻悻地走了。

多少年过去了，顺的孩子都已经很大了。省委大院满目的橘园已经毁了，再也没有三月醉人的橘花香，也没有了六月橘林里贪吃的大鳝鱼，取而代之的是水泥小道、麻石亭子、成片的剪成图案的观赏林木和别处强行移栽来的浑身伤痛绑满了绷带的大树桩。那么多活鲜鲜的鳝鱼是否举族搬迁，抑或仍坚挺地活在这些水泥石栏之下，就永远不得而知了。

跳马

跳马以前是个乡，离长沙很近，大约四十分钟车程。我一个做装修的朋友家就是那儿的。朋友经常邀我们去他家钓鱼，屡屡耽搁之后，在一个很热的夏天终于成行。

朋友自家有个很大的养鱼池，水泥砌的护围，规规整整，鱼很傻很大，一下就能钓很多，我们几个人一会儿就没了兴致。

大家于是收拾家当，独自往山里林深处寻。山虽小，林荫却愈来愈幽深。一片翠绿的竹林后，隐约有了一户农家。我们提心吊胆地防着狗，走近了却悄无声息，除了纺织娘热烈的鸣叫和竹枝摇曳露出的细碎阳光，一切都静极了。

几个人在山道上走出一身汗，想进农舍讨杯水喝。前面的人大叫几声，一阵窸窸窣窣的响声后从低矮的屋檐下钻出一个干瘦的老头，一脸的皱纹上堆满了笑。说明来意，老头殷勤地招呼我们进屋坐，一人给舀出一大碗凉茶，身上的热汗顿收。我们请教老头，山里有没有山塘好钓鱼的。老头笑而不答，领着我们就往外走，往竹林深处一指："喏，那儿就是。"我们定睛一看，竹林深处，蓝汪汪的一大片，竟是水库。

水库不大不小，三十来亩的水面，掩映在茂林修竹之间，稍不留神，还不易发觉。水库里微风拂面水波漾动，碧蓝的水清澈透明，仿佛一块未琢的璞玉，嵌在翠绿的山间。

坐在这静静的山间水库边钓鱼，真是惬意之极。任何一枝倾向水边的树冠，都能为你挡住仲夏劈头盖脸的烈日。坐在树荫下，山风不时送来淡淡的树香包围着你，鸟鸣也是轻轻柔柔的回响，竿尖指处，火红的立漂在碧蓝的波光和墨绿色层层叠叠的山影间漾动，我心下还怕鱼来咬钩，打扰这一池静谧的水。朋友在几步之外已经支起了软布床，蒙头倒在上面，不一会儿就发出轻轻的鼾声。

我和另一个朋友同时起到了鱼，鱼在这么干净的大水里面养着，力道很大，把我手里的竿都逼成了弓形，溜了很长时间，一条白白胖胖的大草鱼才被弄上岸。不过大家钓鱼的劲头都不大，只想歇着，浓浓的睡意侵入脑际。

忽然身后的山道上传来急急的踏落叶的脚步声，我心想这么静的山上原来还是有别的人家，脚步踩着落叶的响声越来越近，极似挑担赶路的山里人。这时我斜对面的朋友一声大叫，我看着他紧张的样子，浑身一激灵，扭头一看，吓一大跳，原来是一条大蛇从林子里直奔出来。这蛇比一根扁担还长，茶杯口那样粗，身呈枯葛色，离我坐的地方不到两米，旁若无人地朝水里游去，迅速地盘成一个饼，浮在水面上下自己浪动，极像在冷水里洗澡冲凉。我当时目瞪口呆，手足无措。身后农舍里的老头可能发觉了什么，拿个网捞就赶过来，蛇听到异动，刺溜一下就钻入水底，消失得无影无踪。老头胆子大，拿个网捞在水边还猛搅了一阵子，也没有任何动静。老头说："不怕，蛇不伤人的，天热来水边歇凉的。"

蛇这一闹腾，让这林子陡增了阴沉沉的神秘感。我腿肚子有些发软，手心满是汗，想说回吧，又怕落得朋友们嘲笑胆小。内心深处，又有一种别样的不舍，一种莫名的神秘感牢牢地吸引了我，仿佛小时候，越怕就越要钻黑黝黝的防空洞的样子。

日头渐渐泊在不远处的小山头上，茂密的林子间暮霭沉沉，雾气越来越浓。农舍里的老头见我们还没有走的意思，便上前来招呼吃饭，大家纷纷应和。一个朋友说刚好带了夜光漂，问敢不敢在这山间夜钓。大家笑他，你敢，我们还不敢？纷纷说晚饭后仍来夜钓，到底要看看这有大蛇、有深水、有迷雾的山林的黑夜会有多神秘，雾障之外，深水之下，还有没有隐藏得更深的东西呢？

老头家的房子很矮，屋里很暗，幽暗中只能辨认出各自黑亮的眼睛。我们就着灶里微红的火光把饭吃完，菜是分不清的，约略觉出有一个是腊肉，有一个是青菜，有一个是我们自己钓的鱼。老头的眼睛贼亮亮的，望着我们笑，笑得我心头有些紧。老头还是个大方人，死活不肯收饭钱，只说难得有人来钓鱼，热闹一下蛮好。

吃过饭走出来，屋外已经完全黑了。林子太深，天上的星光一点也洒不进来，山风吹得人身上凉飕飕的。老头领着我们深一脚浅一脚地来到水库边，略见些天光，心下才稍微宽松。

夜钓的时候，我们还是有些胆怯，都拢到空阔的坝头上。大家一个个坐定，没有一人吱声。远远的水面上五六个幽蓝的夜光漂，在漆黑的水面上晃动。突然，我前面的那根夜光漂猛地往水里一沉，好重啊。我忽然莫名其妙地紧张起来，手脚发软。孩提时听到的落水鬼的故事和看过的恐怖片里的情景一下子闪到眼前。手中的竿越来越重，仿佛有一股大力要把我往水边拖。旁边的老头可能觉出什么，伸手过来帮忙，说不急，慢慢溜，是条大鱼，这一下我才缓过神来。

我的鱼还没溜上岸，旁边的朋友就上鱼了，这下大家的神情松下来，都说这晚上的鱼怎么这么好钓。等我的鱼挣扎得精疲力竭，拖到岸边一看，白花花的一大片，拎上来胖嘟嘟的，有十五六斤，像只小猪崽。

此刻脚下的黑水和对面岸上黝黑的丛林也开始亲切起来，山风急急地刮在身上，也感觉很舒服。老头坐在我们中间，不紧不慢地聊着天，蛙声和虫声都那样轻柔地附和着。

一个朋友钓到了一条大鱼，在坝头上东跑西颠才把鱼弄到岸边，他一个人下到坝头水边，捣鼓了半天也不见上岸，我们正担着心准备喊。只见一个人眉间、额上、发丛里闪着蓝绿的幽光，蓝绿的爪子上拎着一条大鱼，龇牙咧嘴笑着向我们走来。我脑子轰的一下就炸了，一个朋友把鱼竿一扔，大叫“鬼呀”，拔腿就跑。好在老头不慌，对着那个蓝绿发亮的人大喝一声：“你要干什么！”那人仿佛被吓呆了，好半天才说：“是我呀，你们这是怎么了？”一听这熟悉的朋友的声音，大家才定住，纷纷掏出打火机打亮来瞧，还真是我那朋友，满脸委屈也一副被吓呆的模样。闹了半天才弄明白，原来他捉鱼不小心把夜光漂弄破了，这狗东西又把夜光漂的荧光液弄到脸上手上，拎着鱼想向我们炫耀，可把我们吓坏了。

虽是虚惊一场，但过了这一遭，都有些胆寒，纷纷嚷着说走吧走吧。老头见我们胆小，一直把我们送出黑压压的山林，然后转身独自一人悄然消失在那丛林的黑暗里。

跳马那边，我们陆续又去过几次，只是比较起来略显平淡，后来也就不大去了。只有那个老头，一个人不紧不慢地活在那茂密的树木和竹林间，要独自面对密林中隐隐的黑暗，可能还盼着某天又有人热热闹闹地去钓鱼呢。

芦苇荡

一望无际的洞庭湖也有愤怒的时候，所谓惊涛拍岸，浊浪滔天，那是我平生第一次得见。

那是念大学二年级的时候，几个玩得好的同学相邀着去洞庭湖畔的鹿湖，听说那边芦苇荡里水退之后大鱼随手可捉。

暑期刚开始，天黑沉沉的闷热难耐。是夜，我们歇在岳阳楼下湖边的一家小旅馆里，几个人光着膀子，辗转反侧。

忽然，一连串的闪电在窗外远远的天际炸开，黑沉沉的天顿时被撕得粉碎，一块块巨大的天幕燃烧着坠入深深的洞庭湖。巨大的湖面躁动起来，一浪浪深色的湖水碰撞挤压，渐渐连成一片，从远远的天际涌来。巨浪未到，涛声已起，隐隐轰鸣，这时惊天动地的雷声也赶过来了，越过层层的浪尖，劈在岸边一层层的屋脊上。电闪雷鸣之中，暴雨也至，豆大的雨点密匝匝地打在窗棂上，由慢而快，由疏而密，由点而面，瞬间蔓延开来。这时，湖边的浪头已涌动一人多高的水墙扑面而来，后面随着撕肝裂胆的闪电、隆隆的雷声和万箭齐发的暴雨，这些都被大风搅和着、推动着，隐隐可闻金戈铁马之声，所向披靡，势不可当。整个岳阳城风雨飘摇，为之战栗。风和日丽时，不能理会城楼上的对联，“波撼岳阳城”，实此之谓也。

我们几个在郁黑的斗室里，被洞庭湖的气势所震慑，两股战战，汗不敢出。大家都呆坐在窗口，隔着玻璃一任这洞庭湖翻江倒海。天快亮的时候，这风雨雷电忽然席卷而去，仿佛天府鸣金，天兵得胜回朝，只有远处残留的隐隐雷声还絮叨着刚刚摄人心魄的气势。

我们收拾好行李赶到码头乘船。船老大见了我们就神完气足地伸着懒腰说：“怎么了，吓着没睡好？洞庭湖就是这样。”我们万不肯相信风雨飘摇的昨夜他是睡在船上的。他说经常这样习惯了，要死卵朝天。然后他转过身去起锚开船，古铜色的肩胛在晨曦中闪着光。

同船的一共有六人，船老大听说我们要去鹿湖芦苇荡捉鱼，顿时兴趣大增，说你们几个学生一定要当心，要找几个当地的熟人带着才能去。他说运气好的话，在芦苇荡的浅水洼里，能碰到几十斤上百斤的大鱼，不过不能徒手捉，要用割芦苇的长把镰砍，否则弄不好鱼会把你扇死的，也可能被鱼滚到淤泥里淹死，那么大的鱼都成精了。见我们聚精会神呆若木鸡的样子，船老大更加眉飞色舞，他压低嗓子神秘兮兮地说："你们得胆子大，芦苇荡深处，有时还会碰到砍断的人头，双目圆睁，死得冤啊。"我们听了一身发凉。他说："那都是些卖芦苇的人，芦苇一成熟就割下来卖给湖区的造纸厂，挣很多钱，然后买酒买肉，在芦苇荡里赌博，输赢很惨烈，便有起歹意者，用长把镰把人砍了，吞了巨款跑掉，芦苇荡深处谁也不晓得。"我们听了脖子上凉飕飕的毛骨悚然。船老大见我们害怕的样子，笑笑说："那也不一定啦，你们还会捡到大岩鲫，四五斤一条的大鲫鱼，听都没听说过吧，洞庭湖外是没有的。"

这时太阳已经跃出了湖面，整个洞庭湖都泛着鲜艳的红光，把兴奋的船老大染得神采奕奕的。小船在他的操持下轻快地贴着湖面跑，螺旋桨的马达突突有声，极像扑扇着翅膀贴着水面飞的大鸟，船尾惊起的两缕波纹，迅速地退到一湖的红晕里。

太阳越来越亮，我们渐渐睁不开眼，相继沉沉睡去，惊醒时船已到鹿湖镇码头。船老大招呼着我们，回时再坐他的船。

船老大说的还真不错，过后几天，找当地人带我们去捉鱼，竟没人愿意去，都推说芦苇荡水还没退尽，有血吸虫。我们也就泄了气，失却了进芦苇荡的勇气。只是租了条小渔船，在芦苇荡外面绕了一圈，渔船上用电电了两回鱼，捞起来的都是些小鱼，和芦苇荡里搁浅的大鱼相去甚远。我们也不好意思再坐船老大的船回去，只好乘车绕道长沙，灰溜溜地回武汉去了。

江海崇明

一

长江往东入海，巨大的喇叭口里江海已汪洋一片，渡轮横穿过去，就是斜条状的崇明岛。许是横行江海日久，操本地口音的船员都格外傲气，近两个小时的船程里，没有谁爱搭理你。大家只好默默地抽烟打盹，只有轮机舱传来巨大的轰鸣声。

我开着外地牌照的车，在这个陌生的大都市的郊外转了一圈又一圈，等找到渡口的时候，只能赶最后一班船了。渡轮顶着涌入长江的潮流吃力地前行，不一会儿夜幕降临，离岸的港口那边已是华灯初上，星星点点的灯火次第蔓延，迅速爬上了偌大的都市的夜空，港那边的夜于是通明透亮，连船舷这边犁开的浪花都被映得雪白，而背光的一面则黝黑如翻滚的墨汁。

渡轮在这明与暗的两极里前行，站在船顶似雾似雨的寒意里，转向左是灿烂升腾的海上明珠，向右则是深邃的漫无边际的黑。偶有夜航的船迎面驶来，相互用低沉的鸣笛声示意，然后匆匆擦身而过。

崇明岛在哪里呢？

当嘈杂的人声又起，船身振荡撞上码头趸船的时候我才从沉沉的睡意中惊醒，舷窗外是一片黑寂的长堤，崇明岛到了。船舱里三三两两的人开始往外走，甲板上各色汽车哒哒发动起来，车灯顿时照亮了崇明岛的岸。

几分钟后，刚热闹起来的码头一下子消停了，转了几个弯我的车就钻进岛上浓浓的黑雾里，挡风玻璃上一层层堆满了密密的水汽，雨刮器嗞嗞地响起来，黄色的车灯光急速地没入了路的尽头。

岛上的公路往来车辆很少，只有极远处的黑暗里有移动的车灯，倒极像江海船上明灭的渔火。我们以为来岛上的人会很少，谁知七弯八拐里都停满了车，一问才知道这个季节还是岛上的黄金季节，早就被游人住满了。开着车从岛上的一个集镇转到另一个集镇，来来回回地找，终于在凌晨两三点的时候找到一家私人旅馆，老板和老板娘红肿着眼睛愿意把他们的卧室让给我们。而我只好把卧房让给曾、张俩老师，自己卷了一床被子睡到车上。略开一点透气的车窗钻进了几只蚊子，那些家伙是相当的厉害，前赴后继地折腾了我一夜。

第二天一早才看清楚了崇明岛的样子。冒着细细碎碎的雨走在环岛高速上，两旁竟是一派北欧明信片中常见的景象，散淡的黄的白的花开满了空闲的坡地，绿油油的植物成排成行地静静伫立，高大的乡间别墅疏疏落落点缀其间。这种别墅样子非内陆常见，高有五六层，顶有屋檐和翘起的棱线，整体却四四方方一统到底，有点像中式屋顶的西式乡间小教堂。初来乍到还真以为到了北欧某处。

全岛呈狭长形，横穿岛的腹地就会越过大大小小的河谷湿地和沟渠。大一点的河里三三两两的是驳船和机帆船，小一点的渠里是舢板渔舟；还有更小的沟则纵横交错藏在高高的芦苇里，数量之多称其为崇明岛的毛细血管也不为过。

凭直觉，在这些苇子里隐约的沟就是绝佳的钓鱼去处。我由着性子顺着这些小河沟开，芦苇和岸边杂乱的树丛里的绿意愈来愈浓，青翠的水面上我似乎看到了那种熟悉的被游鱼不经意搅动的波纹。正是意乱神迷之际，车一拐弯看到一个瓜棚下，一个老头正纹丝不动地垂竿钓鱼。我赶紧停住车，嘱咐同伴尽情地到周围玩耍。两位老师在车里闷了一天，欢天喜地跑开折芦苇拍照去了。

我觍着一脸的笑踱步到老头身后，静静地站住然后递烟搭讪。老头似乎听不大懂普通话，过了一阵子，终于明白了我的意思，把鱼竿往我怀里一递，挪一边抽烟去了。我心里怦怦地跳连声说谢。接过鱼竿一看，竟然是一根精制竹竿，笔直轻盈，握手处黄滑光亮，是难得一见的好竿，估计伴老头多年了。我抬头望了望老头，他得意地笑了笑。

鱼竿是竹的，鱼线是尼龙的，鱼漂是碎碎的鹅毛漂，这让我一下子退回到二十多年前的情境里，仿佛旁边蹲着抽烟的老头是我的外公。正恍惚之间，碎星漂往下一沉，一扯竿着手还挺沉。老头开始有些紧张，估计是怕我把他的竿弄断了，后来看我提竿溜鱼的手法颇熟，才舒展开眉头。

崇明岛的鱼还挺有劲，水里折腾了半天才钓上岸，鱼在草丛里乱蹦把我吓了一跳。这一斤左右的鱼长着蛇一样的扁平三角脑袋，脑袋顶还盖满了鱼鳞，通体银白直溜溜的。老头见我惊慌失措的样子，呵呵地笑，大声对我说了半天，我才听清了，这就是鲥鱼，是崇明岛的特产。他提起浸在水里的网兜把鱼装进去，一看，我钓的这鱼还真是最大。

我换了根蚯蚓又把鱼钩抛进了水里，水中响应起一串鱼泡。不一会儿鱼又咬钩了。这回是我十分熟悉的咬法，鱼漂先上上下下地抖动，然后猛然上翻，我一扯竿，鱼扬起一道好看的弧线被甩上岸，是一条三四两的黑鲫鱼。我接二连三又帮老头钓了几条鲫鱼，老头在一旁急得只搓手，耐不住的手痒。我十分不舍地把竿还给了老头，跟老头依依惜别，又开车上路。

东滩头是来崇明岛的人必去的一个地方。路上小雨停了，花花的日头挤出了云层，照着雨后满岛的翠绿很有些晃眼。横穿过无数的河汊，我们来到东滩头，这里其实就是一片非常阔大的湿地，收了门票以后，管理处就搭了一条弯曲的木长廊伸展到湿地深处。木长廊上三三两两的游客便往四处兴高采烈地合影。

走上长廊，看到最多的除了游人就是天上倏忽而过飞入湿地蒿草丛中的各色大鸟，还有浅水的淤泥里慌张爬行的独臂红蟹，这些都是我没见过叫不出名字的。太阳大起来的时候，避在走廊尽头的亭子阴处，湿地的草滩蒸腾出一种浓郁的青草气息，熏得人昏昏欲睡。远处的草窠深处有一只麻鸭也低垂着头，和我一样在幸福地打盹。

一觉醒来人声已杳，远远的草滩尽头隐约传来了轮船长长的汽笛声。循声极目远眺，草滩尽头是海天一处，在熠熠的阳光下被如缕的白云映衬着，极为壮阔。几只渔舟从天与海的缝隙间驶出，被袅袅娜娜的水汽包裹着，仿佛天籁的音符，已非常的不真

小村新雨后，垂钓万壑间　黄定初·纸本墨彩

切，也许是海市蜃楼吧。

斜阳已渐渐地淡去了色彩，剥离出灿灿的金黄，鸟们也纷纷飞入草滩深处，杳无所踪。我们也已倦了，起身去赶夜班的轮渡。

我有意绕道去上午钓鲥鱼的小河湾处，瓜棚依旧，老头却不在了。我默然不语，满心惆怅，加大油门往崇明岛的另一头驶去。

二

前几年，连接崇明岛的隧道和大桥都修通了，南北向的沿海高速G15贯穿整岛，进出崇明变得极其通畅。只是俯瞰下来，长江阔大的入海口中龙珠似的崇明岛，仿佛被路桥给束缚住了，远没有从前的灵动和狂野。

现在已经很少有人坐船去崇明了，相连的隧道修得宽阔幽深，车行其间明明暗暗的光影逐个撞上来有一种格外肃穆的味道。出隧道不远的桥梁更像展开的龙脊一样跨过巨大的江面，记得刚通车的时候有不少人在这停车拍照留念，可惜江水荡漾浑黄，少了出尘之意。

这个时候的坚哥已经是坐拥三百多亩地的开心农场的总经

理了，他最喜欢的事就是掏出印有“崇明农民”字样的名片炫耀一下。想想那也确实值得骄傲，“开心农庄”远在港西镇，是他领着一群老头老太一砖一瓦干起来的，其间多少辛苦委屈不足为外人道。

现在人车多了不少，过桥踏上崇明，眼前就是贯穿全岛的崭新宽阔的高等级公路，一路往西得好几十公里才是坚哥的农庄。只是如今一路飞驰，少了过去穿行乡间的宁静，繁花次第展开的感觉已不再了。我记得几年前第一次来农庄，王美丽董事长和坚哥还在很热情地讨论征地事宜，一幢老旧的青砖瓦房，周围杂草丛生，木门前吊着的几盏灯笼在夜风里红光摇曳，映着王董和坚哥激动的脸庞。

那时的坚哥很寂寞，尽忽悠我过来钓鱼，他前脚从威海回，我后脚就从威海来了。刚到那天晚上，坚哥就说看你有没有本事晚上钓几条鱼。许是在威海受多了委屈不服，我拿上钓竿就摸黑出去了，把还带着海腥味的鱼竿抛进了淡水河浜里。那晚还真给面子，可能鱼太饿了，那么大的珠漂都被拖着跑，连着钓了几条不小的鳊鱼和鲫鱼。坚哥又师傅师傅地叫开了，夸得我心里一点都不踏实。开心农场所在地是庙港村，王董事长的老家，以老家留下来的这幢祖屋为中心点，向外征租了三百多亩地，便颇具了如今的规模。

旧宅的背面有一片密密的竹林，穿过竹林就是一个长满了芦苇的野河浜。河浜里的鱼很多，小到一寸，大到四五斤，嫩子、鲫鱼、泥鳅、黑鱼、黄鲇，什么鱼都有。放下竿就有鱼咬，一般是小鱼手脚快，挖半天的蚯蚓一会儿就咬光了。

背靠着竹林，斑驳的阳光洒在身上挺舒服，端起茶杯灌一口，慢慢地也就什么都不去想了，任小鱼背着鱼漂到处乱窜。直到闻见柴烟味，坚哥在喊：“呷饭了咧，师傅啊！”我才猛然醒转，撂下鱼竿就回屋吃饭去了。

鱼竿是我自己做的，几十年前小时候的手艺倒是没落下。小竹林里竹子很多，任挑任选，噼里啪啦砍一捆，挑青黄油亮的老竹，用油灯烤直，晾干，配上鱼线鱼漂，拿在手里可是相当的称手。

夏天白天太晒，乡下晚上又太冷清，夜钓最容易打发时间。只是这个时候蚊子多，有时也能踩到滑腻腻的蛇，都得十分小心。农庄里大小水渠砌上水泥后，就很难找到长水草藏鱼的地方了。好不容易顺着门前的水渠，打着手电走到头，终于找到一小片长着水丝草的水面，却已是隔壁家的林地头。坚哥说这是“死老蔡”家的，没事的，尽管钓。

洒了很多的酒米做窝，我跟坚哥灭了手电，坐在黑漆漆的林子里，有一句没一句地聊了很久，鱼却不来。隔壁的狗又叫得很凶，想想正要回家，鱼漂却晃两下直接翻上来。扯竿入手还挺有分量，手电一照，油亮油亮的，至少是三四两的黑鲫。这一开竿一发而不可收拾，接二连三，不到两小时，我们回家的时候已有大半桶鱼，黑油油的清一色的野鲫鱼。

第二天一早，隔壁七十多岁的老蔡就火急火燎地过来了，说：“李总你们昨晚钓了我家水渠的鱼了！”坚哥一贯的套路就是调侃讽刺，最后老蔡拿了一袋活鱼走就算了事。

农庄隔壁的两家人很有特点。一户就是老蔡家。老蔡七十多岁，一辈子独身，看他高瘦的身材，年轻时算算也一表人才。现在他被坚哥聘来在农庄里干工，劳动力十足。当地人为了表示亲热，都叫他“死老蔡”。坚哥说老蔡在家里请他吃过一次饭，独身老男人几乎从不收拾，家里两间房堆得满满的，只留一条够侧身的小道，一边挤向睡觉的床，一边挤向灶台。还有一户是一对年轻的大学生夫妻，两口子辞了公职，跑到乡下来租一间土房两个大棚，专门种植各种稀奇古怪的有时看着让人心里发麻的多肉植物。这是坚哥心里固定的旅游目的地，一有客人就带来参观拍照赞叹。

三百多亩的农庄，纵横沟渠宽宽窄窄有四五条，为了钓鱼我几乎寻遍了那些湾湾角角。清晨或黄昏的时候，雾霭蒙蒙，光影疏落间能闻到成片的稻穗和果林漫溢出来的香味，很是醉人。只是崇明这种冲积平原，一望无际的平，没有一丁点山势，缺了起伏的味道。可沟渠里的鱼是越来越多越来越大，自打圈上围栏铁丝网后，已经很少有人来祸害这些自由自在的鱼了。

当然我们这些人例外，已无可救药。第二大岛来的老符和我开车从长沙直奔第三大岛崇明，无他，唯炫钓技耳。

到的当晚好歹耐住没去夜钓，第二天一大早老符就把我吵醒了，嚷嚷着钓鱼。坚哥对老符一通猛吹，说河浜里有大鱼，黑鱼、横鳜、鲇鱼，十多斤的都有，就看你有没有本事了。老符望着坚哥，两眼都放光，像打了鸡血似的。

其时老屋后竹林边的河浜已修整一新，临水还特别搭了两间玻璃房，靠椅、架竿、喝茶，太是我喜欢的享受了。我端坐房里，叼着烟卷，有一搭没一搭地看着鱼漂。老符却左看看右看看地跑，一会儿又跑进来告诉我，真有大鱼，是大草鱼，再跑进来告诉我是大黑鱼。可惜那天并没有钓到大鱼。我那儿倒是放下去就咬，沉甸甸的扯上来却是那种巴西绿纹龟，最后弄得我都不敢下钓。老符激动地把我拽出玻璃房，指着水面，还真有两条大鳜鱼肩并肩地在水里游，不急不慢，很骄傲的样子。两条鱼估计是雌雄一对，尖嘴红尾很是醒目，在浮萍的间隙，从这头到那头，优雅地转身戏水，对我们的指指点点根本不屑一顾。我们换了各种各样的饵，前前后后地逗，可那两条鱼只是轻轻地避开，完全无视，让我们一点辙都没有。

到下午我们都说鱼饵不行，鱼线不行，逼着坚哥开车带我们去县城买新渔具。折腾一下午回来，还是没什么起色，草草钓了几只鲫鱼黄姑子，晚上被坚哥好好地讽刺打击了一顿。

第二天大早，我迷迷糊糊地听到落雨声和老符轻轻唤我的声音，我翻过身去又睡着了。等终于醒来，就听见窗外来来回回乱乱的脚步声，心里莫名有些期待，跳起来开门一看，只见木板走廊上摆着一条硕大的鳜鱼，是我从未见过的大。老符手里拿着竹钓竿，一身湿漉漉的，望着我笑得嘴都快咧到耳朵根了。我顾不上洗脸刷牙，赶紧要来秤称，足有八斤多重。农庄里好些人围过来看，“死老蔡”的声音最高，只问老符哪里人，怎么技术这么高，一辈子都没见过这么大的鳜鱼。老符在海南烈日下烤出来的黑脸都被人夸红了，一个劲地嘿嘿干笑。

中午老符和老江、老范狠狠地喝了几杯，白的、黄的，来者不拒。他憋着那口海南普通话，一个劲地给我们讲故事。说他怎么想抓个青蛙试试，让青蛙在浮萍上跳来跳去，噢呼！他两手一合比画了一个手势，浮萍下突然伸出一张大嘴，一口活活把青蛙吞下去了。他醉醺醺地瞄了我一眼：可惜你起不来，没看到。

下午我仍然没钓到什么鱼，只好抱着那条大鳜鱼照了好几张相；又把大鱼肚切下来细细地蒸了，聊以解馋。

第二天我赌气似的坚持睡懒觉，外面却有更嘈杂的声音传来。推门一看，一条长长的大鳡鱼摆在窗下，看的人都围了两层。老符满脸通红，骄傲得像只得胜的公鸡。当第三天早上起来，窗下摆着一条大黑鱼的时候，我已经有点免疫力了。

就这样每天都做出各种姿态，和老符钓的这些大鱼合影，装得风轻云淡的样子，心里却痒得跟猫爪子挠似的。

农庄的老江，是个下放黑龙江的上海老知青，厚道老实，他都看出了我的不爽，力邀我到他养鸭的水渠钓鱼，说那边鱼可多可大了。老江有个本事，会跟他养的羊鹅鸭什么的说话。他吆喝几声，手一挥，水渠里的鸭还真扑扑拉拉上了岸，给我腾出一块浑黄的水面。可惜那儿水太浅，又浑浊，鱼不容易找到食，不一会我就失了信心，悻悻走了，弄得老江也不爽起来。

老符的钓鱼表演终于要结束了，第四天我们俩继续开车北上威海。坚哥说走高速绕远了，不如过轮渡从启东上岸，要近好几十公里。坚哥开车引我们送出很远，沿途一路都是河浜湖汊，老符频频点头说下回再来要到这些大河里钓，那才能见出真本事。车窗外的雨越来越大，表达了我的不满。

那天过渡还真悬，船渡到江心正赶上退潮，搁浅在沙滩上。江风呼啸，暴雨倾盆，江海浑黄一色，我们躲在车里，听着婉转忧伤的阿拉伯民歌，噤若寒蝉，真不知身在何处。好几个小时后，江水才又涌上来托起了渡轮。大半年后，坚哥打电话来说，老屋后河浜里，死了一条大鳜鱼，是不是被老符钓伤了，口气里有些埋怨。我记起了那是一公一母一对骄傲漂亮的鳜鱼，就算不伤着剩下一条，孤孤单单耐不住时日，怕也是不愿独活的。只是这些我都没告诉老符，怕听了敏感如他，也孤独伤感起来。

克什克腾草原

在我本命年马年的八月，几个朋友一起邀着奔向内蒙古大草原。

八月是那种草长莺飞的爽朗天气。我们从承德一直往北，经过宁城的时候，一股浓浓的酒香和着大草原边缘的气息扑面而来。仲夏夜深的时候，我们到了赤峰市的最后一个收费站，极目望去，四周是深色的黑，谁也不知道草原在哪里。我们便请教收费站的人，他们七嘴八舌地插话："得明天了，你们先歇在赤峰，明天就可以到克什克腾大草原了。"

我们在地图上找出了克什克腾旗，默念着它的名字然后沉沉睡去。

从赤峰到克什克腾约二百七十公里。车一出赤峰，满目是大片沙化的土地和裸露风化的石山，孤零零的几棵树在强光下无精打采地耷拉着，哪有什么大草原的影子。我在心里嘀咕着，这就是我们从小在课本里学过的风吹草低见牛羊的地方了吗？

路边有一块历经风雨的旧铁牌，指示我们去克什克腾旗的方向。拐上了一条崎岖的沙石路，路边有一棵硕大的古树，虬枝苍苍，可能历尽百年的风沙。在夺目的阳光底下，每枝树杈上几乎都系着一条祈福的红绸带，隆起的裸露的根部堆满了玛尼石。估计这是草原上难得一见的神木，身负众多人祈求的幸福。

沙石路上见不到一辆别的车，我们的车卷起了漫天的黄沙独自奔行。路渐行渐陡，山崖下与我们比肩而行的是一条黄色的大河。我们停下来，在山崖上驻足观看。这是条水流很急的河，在赤热的太阳下，到处都有湍急的旋涡；这是一条寂寞的大河，独自奔涌向前，少了南方那种湿漉漉的水渠水潭缠绕滋润的相伴。远远的只有枯瘦的野杨林和稀稀落落的牛羊呆立岸边。

在寂寂无声空阔的阳光照耀的天地间，我们迷失了方向，最终还是这条混浊的大河把我们带上了正道。

克什克腾旗的治所好像叫经棚镇，我们补充了食物和水，开始向草原深处进发。

大草原还真是课本里那样，像一片片青绿的海在我们眼前次第展开。一条墨色的柏油路嵌在连绵不绝的草原中间，在我们眼前蜿蜒起伏，车就像一叶扁舟，碾开这些绿绿的柔柔的波浪向前飞驰。快速的风声还激起路边重重的春草轻轻摇晃，宛如层层推开的细浪。我们就这么撒着欢儿向前跑，心醉神迷。

天边一长溜巨大的风车让我们停住了脚步。我想这该是堂吉诃德与之战不能胜的巨型风车了。它们在天边排成一个超强阵势，巨大的叶子旋转着，发出慑人的嗡嗡声。仰望着它们你会觉出自己的渺小，它们就像支撑在天地间的英雄，抑或是下凡的天兵天将，耸立在世界的尽头，穿越过去一定是天地之外的另一个世界。

看久了这些风车，心底渐渐升起了一股寒意，大家纷纷走避。顺着一条蜿蜒的小河，闯进草原深处——静静的小河，潺潺的流水渐渐地抚平了我们紧张的心绪。

这时，金色的晚霞渲染开草原的边边角角，极目远眺，青青的草原深处腾起了淡淡的暮色。慢慢移动的牛羊和静静的蒙古包就在这雾霭里星星点点地散落。忽然前面一片明镜似的大湖吸引了我们的注意力，我们开足马力向湖奔去。

车开了很久，湖还在不近不远处。夜色已经很浓，却没注意脚下的草已经退去，临近湖边沙化已经越来越厉害。当车一声喘息，重重地陷在沙里的时候，我们才惊醒过来。这时的湖还在不远处漾动着微明的波光。我们四顾着寂静浓重的夜色，不敢久留，用尽全力把车推出了沙坑，车张着大灯努力摇晃着终于爬上了草坡地。

晚上就歇在大湖背面的山庄里。深夜时分，我和老方到底没能抵住湖的诱惑，一人拎着一瓶啤酒爬上了屋后的小山去看湖。是夜星光灿灿，天上的星星点点在草原上竟然离我们这么近，几乎是伸手可摘。漫天的星斗缀满黑的穹庐，向山顶上的我们扑面压来。山脚下的大湖，晃动着柔美的银光，圆圆的轻轻的天上的月就悄然歇息在这丰饶的大草原的湖上。

第二天阳光普照，万里无云。我们又爬上小山看湖，才把这湖看真切。湖面很大，从小山上望去，几乎看不到边，远远的天际处有影影绰绰蒸腾的水汽和蓝天白云连在一起。湛蓝的湖水边缘绕着一圈金灿灿的沙地，然后再是葱绿的大草原。耐不住大湖的诱惑，我们再次开车前往。

这回我们把车停在离湖稍远的一块看起来较硬的沙地上。估计湖水盐度很高，周围的土沙化严重。我们顶着烈日，踩着赤热的流沙往前；临近湖边，风越来越大，刮来咸腥的湿气，这哪里是湖，这明明是大海的气息。

水边顽强地长着一丛丛芦苇和一片片矮树林，蹚过去湖水很浅，向湖心走很远，水才漫过脚踝。湖水浪起一圈圈深色的铁锈和一段段枯槁的木头，我捡了一根回去，后来才知道那是有名的浪木。强烈的阳光下，湖水太过刺眼不能久视，让我幻想的草原大湖垂钓的美梦迅速泡汤。

回到停车处，顿时傻眼了，看似坚硬的沙土上，车陷得很深，连车底盘都紧紧贴住了沙地。我试着发动了一下车，车轰鸣一下，身子抖了抖，感觉陷得更深了。我们彻底绝望了，就近找了棵树，挤在小得可怜的树荫下，盼着有哪路神仙能搭救一把。我们坐在滚烫的沙土上百无聊赖地玩起了纸牌。四周黄沙漫漫连着空阔的草原，酷热难当，别说人，连牛羊也躲得不见踪影。大家连话都懒得说了，我眼皮沉沉，迷迷糊糊睡去。

也不知过了多久，一阵急促的马蹄声惊醒了我们，四五个黝黑的蒙古壮汉从沙丘下骑着马奔过来。我们立刻跳起来，像遇到了救星。蒙古汉子非常热情，没听我们说完，几个人围住小车一抬，车还没发动就像拔萝卜一样被从沙地里拽出来，然后被他们干净利索地扔上了土坡。

我连忙拿出了骆驼烟请他们抽，他们没抽过这烟，很高兴，还开玩笑说："我们这里不像你们汉人的地方，开口就要钱，有事尽管招呼。"我很不好意思，不知道该不该给他们钱。不过最终也没给，他们很威武地挥手告别，骑上马一阵风似的在金灿灿的阳光和沙土间跑远，腾起一阵尘烟。他们远去的背影，颇有些苍凉的意味，仿佛倒放的历史，数百年前成吉思汗的子民降临人间。

后来当地人告诉我们，这个湖就叫达来诺尔湖，是内蒙古第三大湖，不过我们再也不敢靠近这摄人心魄的湖了。

我们都很累，把车扔给刚学开车的老方，让他可着劲地在茫茫草原上随便开。当我们被彻底颠醒的时候，车戛然而止，停在了一个蒙古包前。狗和马顿时好奇地围拢来，主人也过来了。

主人家非常热情，炒米和奶茶摆满了一桌，然后还特意下到帐篷旁边很深的枯井里掏出一棵大概是珍藏了许久的大白菜做了一大盘凉拌菜。本来指望着吃点手抓肉之类的荤食，但谁也没好意思开口。临走我塞给主人一百块钱。主人的妈妈连忙拿出一些手镯之类的工艺品向我们兜售，我们不好意思流连，赶紧说再见走了。后来内蒙古的朋友告诉我，草原上能够吃上青菜那是最难得的。

傍晚时分，我们歇在了一个水草丰美的野营地。营地周围是一望无际的绿绒一般的草地，密匝匝的青草间开满了紫色的不知名的花和黄色的雏菊。一条长长的小河弯弯曲曲地绕过营地，连着巨大的红彤彤的落日，一直流到草原最深处。看那方位，这条河怕是要流到达来诺尔湖的。

我被这条草原上的小河深深地吸引了，想着要是能在这彩霞满天的大草原上的小河里钓鱼，可真是太美了。一问营里管事的人，他们竟然真的给客人备有鱼竿，说河里经常能钓上半斤多一条的肉滚滚的鳇鱼。我高兴得手舞足蹈，一阵狂乱，硬拖着老方一块到河边。

营里的人给备了特别的鱼饵，是一大块切碎的羊肝。羊肝很腥，大概能逗鱼。三四米宽的小河，想不到很深，估计是长年累月的流水让河床下切得厉害。小河表面静静地淌着水波澜不惊，可水底却流得很快。鱼饵和长长的钓线沉到水底，一会儿就被冲远了。我就这样不断地扯动着鱼线调整钓位。

小河尽头的落日已经完全沉到河里了，余晖顺着弯曲的河道蔓延过来。河边青色的草、紫色的花和黄色的雏菊，都朦朦胧胧地蒙上了一层淡淡的暮色，显得格外的柔美。淡淡的寒意开始包裹着身体。可意想不到的是，寒意也把草原上的蚊虫逼拢来。努力坚持了一阵，可河里的鱼并没咬钩，而岸边的蚊子却把我们咬得遍体鳞伤，我们只能落荒而逃。

深夜时分，躺在真正的蒙古包里久久不能入眠。夜空的星光极端明亮，透过棚顶的圆洞照着我的脸，我还在想要是能在河里扯上条半斤的鳇鱼，那可真是爽，执着这个念想，我一夜半梦半醒。

天亮了我们该往回返。没钓到鱼，我一定坚持要骑骑马再走。到草原上岂能不骑马？后来才明白这个坚持错得厉害。一匹精瘦的马踱着步把我带上了小土包，然后顺着坡往下欢跑。我右手往鞍上一握，糟了！马鞍上竟然没有像往常一样有握手的铁环。刚一慌神，瘦马屁股一撅，把我像麻包一样嗖的一声从头上扔出去，我只听到耳边呼啸的风声，摔到地上立马岔过气去。等我醒来睁开眼，前面不远处，马眼正瞪着，迷惑地看着我。

我腰不能直腿不能弯，一路挂着五挡，好不容易才把车开到北京。回家在床上一动不动地躺了三天，脑子里总萦绕着的是草原上河里没钓上的鱼和那一匹在本命马年摔得我七荤八素的马。

游走的钓鱼人

一个住在崇山峻岭中的老人，几乎每天都在漫无目的地走着。肩上扛着一根比身体长两倍多的钓鱼竹竿，慢慢吞吞地在弯弯曲曲的山道上游荡。这个崇山峻岭的地方叫小庵，历朝历代出过不少名家，清朝时期两江总督陶铸就是这里人。

可游走的老头并没有走出这大山的意思，他只是在这山山岭岭间寻找可以钓鱼的塘，找到了中意的鱼塘，他就停住了脚步。

这里的山很高，一座挨一座，裹挟着西南雪峰山的余势奔涌而来。要在起起伏伏的山脊间找到能钓鱼的水塘是颇费周折的。老头在三八节那天离开了山坡上的那间小瓦屋，那是他的家，三天了，他翻过了三座山头，现在迎着细雨斜风，在山道的拐角处，隐隐约约又能看到自己山坡上掩映在绿树丛中的小瓦屋了。

老头姓李，是我外祖父的堂弟，跟他堂兄一样，一辈子就好着这钓鱼。外祖父去世后他突然就喜欢这样离家出走，悠悠荡荡

垂钓阁落湾　　黄定初 · 纸本墨彩

寻地方钓鱼了。刚开始家里崽女很着急，后来发现他并没走丢，也就放下心思，由着他去。有一次喝多了乡下的苞谷烧，他满脸放着红光说：“我哥回家了，要我领着他四处走走玩玩，他不大识得路呀。”周围的人听着被吓得一个趔趄。

整片的大山被一条清澈的河流切成两半，千万年来，河水静静地流淌，山嶂里的河谷越来越幽深。站在山巅上望去，山与河都是静止的。河翠汪汪地浸在山谷间，曲折蜿蜒，像一块巨大的玻璃冻石。

李老头累了，总是歇在临河的那面山坡上，慢慢地看着脚下的这条河。小时候，他和他的堂兄就经常来河边玩耍。最好玩的要数在东边山下那块巨大的石崖上钓鱼。石面平平整整，河水涌到脚底，太阳晒在身上暖洋洋的，两个人可躺可坐，手里握着小钓鱼竿，不时一扯就把河里崖缝底下色彩斑斓的鱼钓上来了。

这种鱼被鱼线甩出弧线，在阳光底下几乎透明。不过后来日本鬼子来了，山巅河谷间经常能听到激烈的枪炮声。乡下人很多开始跑兵，堂兄在给前线运粮的船队上找到了一份差事。他眼里流着泪，看着船头站着的堂兄慢慢远去，头上蒸腾着一股雾气，消失在山河的深处。堂兄从此再也没有回来，直到现在。李老头轻轻吁了口气，慢慢站起身来，继续往山下走去。

这条河在大山尽头拐弯处被一座大坝拦住，这就是中南地区很有名的柘溪水库。那一大片翠绿的汪洋深不可测。几十年来，水底长成了巨大的鱼。据说有一次大山洪袭来，坝顶溢水，人一样长的大鱼一条接一条往坝外跳，跳下坝就摔晕在水里。下游河边的人驾着船，可劲地捞。有的时候鱼没晕透，尾脊一扇，连船带人都被掀翻在水里。李老头也去水库碰过一次运气，结果刚把饵扔进水里就被大鱼咬住，连人带竿扯进水里，幸亏揪住岸边一棵横着的树才保得命回来。李老头后来逢人问起就说，那哪是鱼，比犁田的水牛的劲头还大，肯定是精怪了。李老头再也不去水库钓鱼了。

李老头肩扛一根竿外，腰边还挂着一个竹鱼篓。他出门一月两月的，一分钱不带，生活就靠这鱼篓。鱼篓里除了钓的鱼之外，还有山上顺道采来的木耳、茶泡之类。天色将晚，暮色四合，他也走累了，遇到山道边的人家，他就迎着犬吠去叫门。山里人大都率真耿直，老人便把鱼篓里的把戏统统倒出来，请主人家莫嫌弃收下，主人家于是觉得受之有愧。三月份还有过年剩下的腊鱼腊肉，赶紧拿出来蒸了待客，没有鱼肉的也一定要煎几个鸡蛋。李老头便有滋有味这么吃下去。有时候喝高兴了，还夹住肥肥的腊肉往空气中一递，叫声哥，主人要问原委，他也只说一句“风吃得两人的饭呢”，再不敢拿别的话吓唬人。李姓在当地是大姓，来来去去得久了，方圆几十里内谁都认识这个游走钓鱼的李老倌。这么些年下来，李老头的钓技也因此被神化。甚至有人赌咒发誓说亲眼看见李老头隔空抓物施法召鱼，那哪是钓鱼呀，一根竹竿连饵也没有，往水里一圈，鱼就大大小小地跟着上来了。有人当面追问李老头，他也是笑而不答，因此也就更加闻名乡里。

不过李老头的钓技确有些不凡。最妙的是他什么东西都能入饵，一片菜叶，一朵南瓜花，一块红薯，一段肉皮，甚至屋角的蜘蛛网，零七碎八不一而足，竟都能做饵钓鱼。开钓之前，他仿佛还有固定的仪式，先要把手伸到水中试试温度，太冷或背阳的凉水里是很难得钓上鱼的，然后他就抬起湿漉漉的手，迎风晃动，看看风从何来，要是大西风，他就要歇上一天。当然山里的鱼钓的人少，也跟人一样率直一些，少了很多油滑的试探，碰到李老头这么讲究的老手，张口咬来，难免成了盘中之餐。

李老头有数个子女，多走出这大山在外发达，见老爹酷爱钓鱼，就好说歹说把他诓到城里想尽尽孝心，安排到城郊的养鱼池过瘾。哪知李老头抄着手绕着鱼池走一圈，连连摇头，说：“死水死鱼，蠢猪！”硬是不肯下钓，连满塘的鱼和岸上的人都被他骂了，弄得大家怒目而视，一家人不欢而散。崽女只好重又把他送回大山深处。

李老头还是这样的，绕着家乡的这些山山水水转悠。他从斜风细雨的三月开始出门，估计要到天热起来，黄灿灿的油菜花开满坡才回家。他心里想，这次要带着堂兄好好地转个够，好好地过过钓鱼的瘾，连一处山旮旯都不能落下，也许明年他想走也走不动了。他这么想着，拍拍屁股上的土，站起来竟然想唱一支歌，啊啊两声没能唱出口，就慢慢地往山脊上的密林深处去了。

土堤

一座小小的城，被一段长长的土堤围着绕着，堤的一边是城里唯一的一条马路和马路上熙来攘往的人群，堤的另一边是一望无际的草绿的禾田和点缀其间弯腰劳作的农人。微风起的时候，走在这堤上，俯瞰两边迥然不同的景色，心里生出无限遐想。

据老人说这是官堤，早已年深日久，三国时关公还在这堤上屯军拒敌。早年翻过这堤，堤下就是碧波荡漾的万顷洞庭湖了。这小城之前就因为是洞庭湖的渡口而繁荣起来的。现在湖水已尽退，让出了无垠的农田，这堤也就格外耸立起来，干巴巴地隔在这城与乡之间，失去了水的簇拥。

草长莺飞二月天以后，堤的两边各自活跃起来。城里层层叠叠的房舍抖落一冬的寂寞，砖红瓦绿，花衣花被都撑出了阳台，在轻风里飘飘浮浮；乡下草籽花紫了，油菜花黄了，小荷叶绿了，一片片鲜亮亮的色彩忽然惊出一群群的鸦雀，忙忙乱乱地翻过这堤，在城里乡间往来飞去。许多人便走上这堤，放风筝，捉蚱蜢，歇饭气，谈恋爱。远远望去，各色人物自在画里，天地间弥漫着一股极悠远的气息。

堤下连着一溜都是荷塘，被密密的荷叶映得蓝汪汪的，一般钓鱼人是不愿在这近在咫尺的荷塘里钓鱼的。一是离家太近，几乎没有远足钓鱼的乐趣；二则离城这般近，哪里还有什么鱼钓。谁要在这么近的荷塘钓鱼，是会被人瞧不起的。

那是初夏的一个周日，暴雨不断，我们几个在家里被暴雨迫住不能外出钓鱼。无所事事，只好早早地弄晚饭吃，哪知吃过晚饭，大雨突然停了，橘色的斜阳从窗棂里透进屋来，一扫整天的阴霾。外公兴奋地一拍桌子：“走，钓鱼去！”连我都知道这雨过天晴最是有鱼上钩。我们顾不得外婆的唠叨，收拾行头，小跑似的走了。

外边的湿地被余热未消的阳光照着，蒸腾得一片雾霭蒙蒙。我们翻上城外土堤的时候，顿时被堤下那一溜荷塘吸引了。堤上空无一人，湿漉漉的草地上挂满了晶莹的雨滴。荷塘里白雾缭绕，雨雾中沐浴过的嫩荷摇曳生姿，自是神仙般的图景。

我们再不能挪开一步，便在这让人飘飘欲仙的荷塘里下钓钓鱼。

雨后的斜阳这时更加红亮，衬得荷塘里的水一片乳白。身后的堤上渐渐有了人声。鱼这时也活泼起来，不断地咬钩。外公第一个钓上鱼，是条欢蹦乱跳的油亮亮的黑鲫鱼。因走得匆忙，忘带鱼篓，鱼便被随手扔在草丛里。这时橘色的光从云端漫下来，给近在身边的外公和父亲都镀上了一层金光，两人神情专注，轻风吹动外公的白发和父亲的衣角，宛若临凡的仙人。

一阵哼哼唧唧的猪叫打乱了我的思绪，一头大母猪带着几个半大的小猪崽也来凑热闹。仔细一看母猪的嘴里还咬着一条大鲫鱼，我连忙起身吆喝，外公也起身赶。母猪跑开的时候，鱼已经被它吃了一大半。这平常吃素的猪，怎么会吃鱼呢？也许那天雨过天晴，异样的景致，让猪们也陶醉了吧。

这土堤四季如常，多少年来一直没有变化。到我姐姐考大学的那一年，堤还在，堤脚的荷塘仍是老样子。

那是个酷热的夏天，白天走在堤上，日头会把人烤脱一层皮的。姐姐的高考在周末开始，就在这种大热天，父亲和我两人在堤下的荷塘里钓鱼。父亲说："咱们今天多钓点，给你姐姐补补脑子。"

我们俩站在堤下荷塘边，任由炽热的太阳烤着，一动不动，一门心思想着多钓几条鱼回家，给考试累着了的姐姐补脑子。可惜那天实在是太热，荷塘边一丝风都没有，塘里的水像开了锅似的烫手，鱼早已晕头转向，哪里还有心思咬钩呢。结果太阳快落山了，我们竟然一无所获。父亲担心姐姐，急急忙忙要回家。我很有些不甘，劝父亲先回去了，独自一个人在荷塘边候着，盼着能在高考的第一天钓条鱼给姐姐吃。

太阳已经远远地沉在堤的那头去了，终于有些风轻轻地吹来，送来堤两边人家袅袅的炊烟。我肚子被隐隐的菜香勾得咕咕叫，背上被风拂过时热辣辣地痛，腿脚也有些酸麻，可我还是不想回家。我把剩下的酒米一股脑打在窝子里，一眨不眨地盯着浮漂，可浮子仍然纹丝不动。

过了好一阵，窝子远处倒冒出几个大鱼泡，我扯上鱼竿，重新换过饵，准备做最后一搏。我努力把鱼钩扔到远远的窝子外冒鱼泡的地方，一脚踩空，差点没摔到塘里，终于给扔中了。浮子轻轻地晃了一下，我一阵心跳，到底碰到鱼了！我沉住气，一动不动。那鱼太狡猾，左摇右摆反复试探，我最后快要放弃的时候，浮子终于猛地往下一沉，我一扯竿，有了，一条一斤多的草鱼被我一下子甩到田里。竟然是这么大的鱼，还是草鱼，好兆头，姐姐高考今天肯定不赖。我一手掐住鱼，一手拿起钓竿，兴奋得飞也似的往家里赶。

我风一般地闯进家门，姐姐低着头愁眉苦脸地跟父亲说着什么。我不管不顾大声地说着怎么钓得这条大草鱼，父亲对我努力地笑了笑。姐姐瞪着我看，忽然眼圈一红，很夸张地把手里的瓷杯摔在地上，一地的碎白瓷片触目惊心地散开，我们都愣住了。姐姐声嘶力竭地指着我高喊："就是你！就是你！钓了鱼，害得我今天这么愚蠢！"我惊呆了，莫名其妙，看着姐姐一扭身跑进厕所哭去了。

父亲见我呆若木鸡，手里还拎着黏糊糊的鱼，走过来接过鱼，摸摸我的头说：“算了，你姐姐考得不好，算了。”

姐姐晚上没吃饭，父亲母亲也没有打搅她。我偏着头想了半天。终于想通了，姐姐把鱼当成了“愚”。我想通了的时候也就原谅了我姐姐。我这姐姐比我大两岁，自打我记事起个头就没比我高过，从小我就欺负她。她真可怜，高考比夏天的太阳“烤”得还难受，只好找了我这条“鱼”来发泄。

现在我有时故意为难她，当着她儿子的面讲起这个，她矢口否认。我也无计可施，连那条可以作证的土堤也在尘土飞扬中消散，变成了一条宽阔的柏油路，那些堤脚边荷塘里没有被钓尽的鱼，被掩埋千百年后，也许渐渐会变成永恒的化石。

大鲇鱼

20 世纪 80 年代，我们那个城已是一个瓦砾成堆的建筑工地，骑车顺着G319国道走很远才能避开那些漫天的尘土到宁静的乡间。

那里港渠湖汊甚多，是我们常去钓鱼的地方。有一次春雨很大天气颇凉，平常国道上往来的钓友都不见了踪影，只有我们努力前往。雨打在雨披上，两耳的回音很大。

这回人还不少，父亲、我、朋友雷还有我的表哥余意。四人默然无语，雨帽上沾满了哈出的白气。我们推着车在泥泞的路上走来走去，最后看中了一个港汊。这个港汊呈月牙形，一头长满了浓密的丝草，一头则满是高高低低错落的新荷。

天一直阴，雨一直下，空气充满了飘动的粉末状的雨意，澄净透明，像塞在天地之间飘飘忽忽的一块巨大的青玉。

稠密的丝草里下窝子难度很高，得找到一块空隙，而且这块空隙还要恰好是从水表一直到水底的，这样沉底的鱼才有可能被酒米的香味吸引过来吃食。如果水草在半路就截住了酒米，那鱼即便是被吸引也很难游进这浓密的丝草堆里。所以窝子下在哪个地方要凭丰富的经验。

这种事一般由父亲来干。

那天他试窝子的时候，突然有条鱼在半道就咬了他的钩。父亲反应很快，一下子就拎上来一条不小的黑鱼。大家都说今天兆头好。

我和表哥自觉技术稍差就到相对容易钓的长满荷叶的这头，父亲和朋友雷就守在长满丝草的那头。

几个人中只有表哥用上了当时很少见的塑料伸缩竿，而我们则还是老旧的竹筒套竿。那时流行长竿短线，扯鱼讲究的是快准狠，一下就要把鱼扯上岸，不能让上钩的鱼在水里有窜开喘息的机会，那样极容易缠住水草荷秆什么的，往往是鱼跑竿折。跑鱼问题不大，合适的手竿可不容易再寻到。

时近晌午，窝子打下去几个钟头了，我们几个绕着港汊或站或坐，一个个木呆呆的，水里一点动静都没有，父亲开始来回走动，叼着烟劝我们不急，捺住性子。表哥把他的新式塑料竿架在了荷秆上，朋友雷已经到远远的渠那边去下甲鱼钓了。旁边田里一个干活的农人收拾东西准备回家吃饭，路过我们这里大声叫唤：“这里哪有什么鱼，去年才干的塘，回去休息吧！”只有我无事可干，坐在滑腻腻的泥地里耐心守候。

我的窝子被几片圆圆的荷叶围住，荷叶上沾满了圆亮银白的雨滴煞是好看。荷下的水深不足两尺，被田垄豁口里溢出的水淌得浑黄。我把竿尖就搁在荷叶上，白白的星漂以一种优美的弧度悬在水里，盯着它看，久了就常常产生幻觉，那个弧度忽然被鱼拉直，扯得沉入水底无影无踪。

在沉寂的等待里，父亲终于钓上了一条足有三四两的大鲫鱼，全身上下黑亮亮的，在父亲手里努力挣扎着，父亲高兴得像个孩子，拿着鱼来回向我们展示。表哥和我立时打起精神，眼睛瞪得溜圆。

荷叶翻起一阵水响，表哥也把一条鲫鱼甩出了水面。他把鱼摁在烂泥里，抬眼看我的那一下笑得很灿烂。只有我的浮子仍是一动不动，我心里有些憋不住，像有猫爪在抓挠，却莫可奈何。

这当口，父亲和表哥的窝子里开始纷纷上鱼，一发不可收拾。表哥看我呆坐着一动不动，很是同情，要我到他的窝子里过过瘾，我憋住一口气，坚决摇了摇头。

热闹一阵之后，上鱼的速度慢下来，父亲开始来回转移阵地。只有我不为所动，努力地坚持着。可怪的是我面前的窝开始变得浑浊，一阵阵的泥汤往上翻，醒目的白串珠漂被晃得很不安宁。我刚开始还不以为意，忽然想到莫不是窝子里来了大鱼，把浅浅的塘水搅出了泥浆？难怪一直没有鱼咬钩，一定是大鱼把它们吓跑了。我心里一阵发紧，钓竿都捏出汗来了。

这时串珠漂晃了几晃，突然往下一沉，我赶紧一甩竿，咦，竟然什么也没有。我紧张得什么似的，手哆哆嗦嗦，穿好肥大的蚯蚓，再一次把钩抛入被荷叶围住的浑水里，白漂立即响应连续晃了几下，又是往水里一沉，我迎头扯竿，又是空的。我看了一下钩上的蚯蚓，已被鱼咬得稀烂。再换好蚯蚓，这次等白漂全数没入水中，我才扯竿，却仍是什么都没有，我一下泄了劲。这哪是什么大鱼，肯定是一条小嫩子鱼在逗我玩呢。我叹息半天，过了好一阵才重又把钓抛入水中，估计小鱼吃蚯蚓吃饱了，白星漂再也没有任何动静。

我有些意兴阑珊，估计今天我一个人要剃光头了。朋友雷在远处的渠边兴奋地来来回回跑，隐约听到他叫我过去的喊声。我有些犹豫，还是心有不甘，把钓竿搁到荷叶上，索性再等等好了。

恍惚之间，白珠串漂晃都没晃就被猛地拉入水中没在圆圆的荷叶下面。我一甩竿，糟了，着手很重，似乎挂住了水底的石头烂根什么的，我正着急，手里的鱼竿却连连晃动，挂住的东西竟游动起来，是条大鱼！我用力一抬竿，一个扁扁的鱼头钻出水面。四周荷秆丛生，不敢稍有松懈，我只好冒着鱼竿折断的危险，往上再使劲一提，只听得竿腰啪的一声脆响，但好歹鱼被提出水面。原来是一条黄灿灿的大鲇鱼，怕有五六斤重。大鲇鱼在水面努力地挣扎，竹鱼竿吱吱乱响，仿佛就要断了。我不敢把鱼完全提起来，只好顺着水面的荷叶和丝草把鱼拖到岸边，然后借势甩上岸。鲇鱼在岸边的草丛还翻滚不停，我想摁住它滑腻腻的身子，却几次扑空，狼狈至极，表哥赶过来一脚把它踩住，它竟然发出嘎嘎的悲鸣。鲇鱼把钩全吞进了肚里，我伸手去掏，结果被它狠狠咬住，几个手指顿时鲜血淋漓。

父亲和表哥大声喝彩，我还沉浸在当时巨大的兴奋中，满脸通红，一脑门子的汗，一手的血。

冷静下来，换上新钩，不一会儿我又钓上了几条半斤左右的鲇鱼，原来这里是一窝鲇鱼来觅食。可能是大鲇鱼嘴太宽，前几次都没把它钓上来，直到它把钩子吞进肚子。鲇鱼太贪又不灵活，换了鲤鱼什么的早就跑得没影了。

那天是我记忆中在野外钓鱼收获最多的一次，不小的鱼篓被塞得满满的，足有二三十斤重。我们怕过路的乡下人看见了说闲话嫉妒，就预先把鱼篓藏在禾田中间的秧苗里。果然，中午那个农人走拢来四处打探说只看见你们扯上来鱼，怎么不见了鱼篓呢？父亲笑呵呵地递了根烟给他，他满脸不悦，要我们别钓太多，队里看见了不好。我们等他走远了连忙收拢鱼竿，驮上鱼篓就骑车回家。大家心里那个高兴，好比得胜还朝。

我妈妈看了我们钓这么一大篓鱼回来吓了一大跳，那时没有现如今这种专门的钓鱼场，野钓至多也就三五斤的样子。我最骄傲，捧出那条大鲇鱼给我妈看。

剖鱼都花了很长的时间，大大小小的鱼腌了一澡盆。

晚餐的主菜就是我钓的那条大鲇鱼。它被圈在一个大瓷盆里蒸了。浓郁的香味随水蒸气不断溢出。父亲举起酒杯恭喜我第一次钓到这么大的鱼。

现在回想起来，鱼并不十分好吃，肉有些粗，而且泥腥味很重，可一家人谁都没说不好，只有高兴。从此，我也自认为进入了钓鱼熟手的行列，不再是一个要靠着父亲打窝子的小屁孩了。

十渡

京城西南去城四十多公里，有山势起伏，一涧穿行林木悬崖间，形成约十个水草茂盛的滩头，谓之十渡。这里也颇得京畿之利，被选为国家地质公园。

北方水稀罕，很夸张地名“渡”，其实涧中清澈的浅水涉水能过。渡头从一到十，一个个地被水泥圈住了蓄水，草滩上散布着三两人和阳光底下斑驳的骡马，远没有江南渡口舟楫林立的影子。

第一次去十渡，是在夏末初秋的一个阴霾的早晨，那是给李小双他们十个世界体操冠军录制节目。十渡十冠，现在想起来还颇有些巧合。当时我们在最末一个渡口的深潭上搭了一个浮台，准备任由冠军们在浮台上作秀。

那天天气阴冷，组里一个兄弟忙前忙后，一个不小心，从岸上往浮台上跳的时候，滑到齐脖深的潭水里。他落下去的时候

三个钓鱼人　　黄定初 · 纸本墨彩

很干脆，潭水看起来平平静静的，却立即围拢来把他淹得只剩颗头，让他看上去很滑稽。岸上的人都想笑，却忘了伸手去扯他一把。他只好更加狼狈地自个儿爬上岸，一身湿漉漉的磕了一天的牙巴骨。

这开了个不好的头，那天的节目也录得阴沉沉的不咋的。体操王子们行胜于言，不但聊不出个啥滋味，在最后的高台蹦极中竟露出了平常人的怯意，记不起是谁，在高台边吓得腿肚子抽筋，硬是不肯冒险一跳。

太阳出来天气暖和起来的时候，大家心情也好起来了，估计我那小兄弟的衣裳也干得差不多了。工作完了，大家就闹着要我做东请客。我就强迫他们去钓鱼。

当地的农民把涧水围起来，弄成一个一个小小的养鱼池。鱼池就在涧水边的山崖底下，小到钓竿伸直都能戳到对面人的脸。

鱼在这种小水泥池子里游，多得空钩都能挂住。鱼食扔下去，一会儿就被众多的鱼哄抢，衔在嘴里就跑。几个没钓过鱼的小孩子恍然大悟，原来钓鱼很有趣，鱼跟人拔河似的抢鱼竿呢。我看他们兴致勃勃的样子无话可说。

有两个人却默然无语，他们都为着遥远的法国而黯然神伤。我的一个女同学从贵州远道而来，准备嫁到法国，途经北京，被我带到十渡解闷，正发着思乡之情；而一个小兄弟恋上节目组一个能干的女孩，这女孩也要把自己弄去法国念书——十渡录的这次节目就是她做的最后一次节目了。临近去期，这小兄弟也日渐忧伤。

我心里想着法国真是厉害，对女人而言无论老少，都是一块巨大的磁铁。被磁铁弄走了女人的中国男人就只有忧伤抹泪喝闷酒的份了。

我们钓鱼的地方池子虽小，可景物确实不错。大家围站在小小的鱼池边，互相用竹竿指着对方的胸脯，间或一甩扯上一条傻呆呆的鱼的时候，日光又渐渐地柔和下来，密密的斜阳把涧边高悬的石崖染成通体的红，两个同为法国发呆发痴的男女，被反射的余光弄得脸上也有了红晕。大家一齐发狠，竹鱼竿上上下下地飞舞，一结账总共钓了一百多斤鱼，花掉我一千多块。不过大家都很开心，忧伤的时候是需要这样折腾自己的。

一百多斤鱼恨不能做成个全鱼席，炖、煎、炸、炒，也才用去十几斤，吃得我们满身的腥味，不知如何是好。想转手卖给老板，老板愿意帮我们处理了，却不愿意付钱。我想这要是在我们南方，用谷糠酽酽地熏着，新鲜鱼变成黄灿灿的腊鱼，过年过节捣鼓出来豆豉辣椒一蒸，不也是好东西吗？

可这是北方，大家没法熏鱼，却众人拾柴在忙忙碌碌地烤着一只羊。羊被树枝残忍地贯穿，横在火上烤得滋滋乱响，一股子膻味、焦煳味，夹着浓烟呛人眼鼻。明明灭灭的柴火光，映得每个人满脸酒色，大家闹哄哄的着实喝了不少，两个忧郁的人坐在火光之外，埋头喝酒，定定的辨不清楚，仿佛暗处的柴火垛。

我那小兄弟突然站起来，趁着酒劲，站起来奔向火光中心仪的女孩，也许是想最后一次挽留，一阵激烈的表白之后又颓然退回火光之外的暗处。然后他拽上我，走到涧边的更远处。这时月亮朦朦胧胧地露出云端，吞吞吐吐地照在我俩不整的衣裳上。他告诉我他也要走，我努力地劝他，拿份工资待着不好吗？他猛地灌酒表示自己要走的决心。

我看着他的样子，再不敢招呼我那独坐在暗处的行将远嫁他乡的女同学。月亮晦暗地映在发白的涧水上，努力地往下奔流。水虽然小而浅，河道宽宽的却作出一种汪洋之势。不管咋样，大家都尽量弄出一个大动静；水一样，人也一样，不知奔腾到老的前面到底是沙漠还是水草丰美的泽国，不知是会消亡于无形还是幸福地日益滋润？有十渡浅浅的涧水，晦暗的月光，呛人的烤肉，和满嘴的鱼腥做证。

多年以后，我的女同学远在波尔图，守着她小小的葡萄园和长大的儿子，静静地幸福如盛开的夜玫瑰。而我的小兄弟单身宿舍的白粉墙上还恋恋不舍地挂着一幅落满北京沙尘的法国地图。我都只能在网上知道他们来去的消息。

第二次去十渡，就不是以前的样子了，家里几个人，平心静气，不紧不慢，散发着幸福祥和的气息。

记得也钓了鱼，连夜赶回家还熬了热气腾腾的鱼汤喝。

东湖

叫东湖的湖很多，最出名的还是武昌珞珈山下的东湖。从武大珞珈山的山顶望下去，还只能看到东湖的一些边边角角，可见了东湖的大。

在杭州西湖边的灵隐山上，我看到民国时期教育部长王世杰关于武大建校的描述。上世纪20年代，筹建国立武汉大学，著名建筑师F.H.Kales，坐飞机盘旋一圈，就看中了这一湖的山水，东湖由此成为武大的内湖。武大哲学系的傅老教授证明了这点，说他们上世纪50年代在这念书的时候，每个年级还配有一条供游玩的小木船，停在东湖边专门的码头上。他说那时候东湖的水真透明啊，水底的丝草游鱼都能看得清清楚楚。

可惜等我们上学时，武大已经失了东湖，东湖水也不再清澈涟漪，到天热的时候浑浊发黑的水还散发出一阵阵的腥臭。

刚进大学，文科科目都不大费劲，唯独体育课的长跑总不及格。老师威胁体育不及格拿不到文凭。无可奈何，有大半年我都在练长跑，常常的路线是跑出湖滨宿舍，沿着东湖的一侧跑一溜。有时候下雨天，淡淡的土腥味泛上来，湖边梧桐树下的空气格外清爽。三三两两成双成对的恋人甚至还坐到伸进湖中的水泥码头上，面湖而依，红红绿绿的背影煞是好看。有次我实在好奇，装模作样跑上码头，竟然发现两个男的手里还拽着根鱼线，原来是钓鱼恋爱两不误。

东湖那个时候禁止钓鱼，我没有合适的女同学打掩护，只好叫上对面的古锤子做伴。可惜那天艳阳高照，路上行人很多，我们两个男生并排坐在水泥码头上，感觉有些怪，不少人都侧目观望。手里垂下的鱼线被小鱼咬了几下后，也就再没动静。我心里很忐忑，收上鱼线招呼古锤子就撤了。第一次东湖偷偷摸摸钓鱼，就这样草草结束。

我心里存着钓鱼的这些念想，到十月国庆的一天终于再次动手。在食堂吃过晚饭，书包里卷着鱼线，我就直奔东湖的船码头。走到湖边天已经暗黑了，十月的风入夜有些凉，码头边已没有一个游人。我仍旧有些不安，离码头远远地反复溜达，直到天完全黑下来。

偷偷溜上码头，在顶边角的地方坐下来，迅速把鱼线放下去。水泥码头的地面真凉，湖对面梅园和磨山极远处有几盏昏黄的灯的轮廓闪闪烁烁，夜风裹着湿雾吹在身上冷飕飕的。正后悔没多穿几件衣服，手中的鱼线一沉，鱼咬钩了！我赶紧一拎，鱼还挺大劲，在水底来回挣扎。好在咬钩很死，把它拽上了岸，黑暗中隐隐一看，至少是条两三斤的大鳊鱼，我赶紧把鱼装进了书包。只是鱼不太老实，在书包里噼里啪啦地跳，这静夜里听着动静格外大。我一时慌起来，卷起鱼线就赶紧跑了。

背着一条鱼，实在不好回宿舍，想起前一阵子认识的就住在湖滨的郭老师，便直直奔他家去了。郭老师那时是单身男青年，独自住一间小小的宿舍。他还真在家，那时没手机没电话，要找一个人纯粹碰运气。郭老师也没盘问我鱼是怎么来的，就干劲十足地剖鱼杀鱼，又捧出小煤油炉把鱼煮上了。直到鱼香溢出，我心下才彻底平静下来。

守着冒出蓝汪汪小火苗的煤油炉，我们俩就盘腿坐在地上。那天我喝了很多，记得是那种叫“夜光杯”的葡萄酒，几块钱一瓶的，我喝了一整瓶。都不知道自己怎么出的门，好像郭老师还留我睡来着，但我坚持要回宿舍。湖滨8舍前面有个小山坡，走出门迎着凉风一吹，感觉要吐，我赶紧跑到山坡边想蹲下来，哪知一脚踏空，就这么直接滚了下去。

等我清醒过来，也不知道过去了多久，浑身哪儿都酸痛。天上的星光稀稀落落，透过暗沉沉的树影照到我身上。我努力睁开眼，想挣扎着起身，却又往下滚了一圈，再次晕沉沉地睡去。直到第二天太阳光照到身上暖和起来，鸟叫声吵起来，我才扶着树干坐直了身子。看看身上哪儿都没伤着，只有校服被挂破了个大洞，就晕头转向地爬出山坡，深一脚浅一脚地往宿舍走去。

放寒假之前的初冬时节，东湖周围起伏的山峦开始染上霜色，颜色缤纷起来。等个晴朗的好天，我们206宿舍的几个室友一咬牙，凑出十几块钱，坐上木筏子，就横过东湖往磨山植物园方向玩去。船到湖中，云淡风轻，四周水天一色，远处山色斑斓，大家的心情也开阔起来，纷纷诗兴、歌兴大发，惊起一行行的鹭鸟，引得船娘咯咯笑声不断。室友们便更加起劲，颇有些指点江山激扬文字的气魄，弄得小木筏乱晃，船娘一阵手忙脚乱。

我们宿舍结构单一，六个人四个湖南的两个湖北的，在磨山植物园里一通乱窜瞎拍，就像系里汪书记说的纯粹是青春的野性。我那时候对海鸥120相机熟那么一点，便嘚瑟成了老师和摄影师。多少年后再看合影，照片里最显眼的两个高大帅，一个长江君已经是全国知名的摄影家，另一个老欠同学却已急急忙忙跑到另一个世界去继续青春的野性了。

回到学校，我一直惦记着磨山植物园水边的那一大片水杉林。半掩在水中的树干笔直，颜色深红，若能在那林子里钓鱼可不要太爽。听我一通吹，水院的哥们陈美荣便说要陪我去钓鱼看看。那时天凉已经穿得不少了，从武大骑车到磨山绕东湖大半圈可不近，到地儿早已浑身冒汗。

从泥泞的湖边小道走进去，水杉林遮天蔽日，陈美荣惊叹连连，兴奋地吹起了口哨。我正犹犹豫豫地挑地方准备下钓，远处突然响起了低低的狗吠，稍迟疑一下，狗吠倏忽就到了眼前，吓得我们俩推车就跑。小路上推车跑起来很狼狈，好几只大狗迅速围上来张口就咬。我们俩只是拼命跑，顾不上哪儿咬痛了。狗一直把我们撵上了马路，还守在林子边狰狞乱叫。跑出一段路，抹去一脸冷汗，才在路边停下来喘口气。好在穿得不少，裤脚都咬开了，万幸肉只是红肿没有咬穿。

回去陈美荣说了一路“还好还好”，拍着胸脯小脸吓得苍白。到东湖钓鱼就这样戛然而止了。

多少年后，有时候回头想一想，几次钓鱼都颇费周折，也许这么大的东湖已颇具灵性，鱼可不是随便乱钓的。月黑风高夜，没碰上更要命的祸事已是烧高香了。

又过了多少年，连武大通向东湖的门都装上了收费拦车杆，各方面都绕着东湖超级热闹起来。据说东湖周边几个大大小小的湖泊全用水道干渠串连起来，和东湖一起直通长江水系，形成一个大的活水循环。东湖水质改善后，陆陆续续有一些指定地段也开禁钓鱼了。

现在春秋两季在磨山那一带湖边，可以见着一长溜的钓鱼人。过去是没有这种鱼竿的，非常长，大约都有十多米，顺着湖边一字排过去，弯弓一样伸到水里面，一根挨着一根，像五线谱一样展开，相当有韵味。后来才知道这是一种叫长竿短线的专门钓法，适宜于水草丰茂的湖边或荷塘，钓得远，定点准。只是十几米的大竿相当沉，一般人手持不住，竿尾得插一个大的支架撑住。如果上鱼频率快，那还真相当累人。

好在东湖水面阔大，鱼要游拢来咬钩也不是个易事。所以湖边钓鱼也是优哉游哉，聊天、瞌睡甚至聚拢打牌都无所谓。说是钓鱼，其实更像一个大的社交场所。偶尔有人钓上鱼了，邻近的几个人都围上去，看着人家把大竿一节节缩上来，纷纷支招“慢点慢点”；终于见着了鱼大鱼小，就啧啧连声，埋怨自己的竿怎么鱼就不爱咬呢？

后来我把这长竿短线的钓法也学回了家，在荷叶塘一试，效果挺好。只是我忍住诸多诱惑，再也没敢重回东湖钓鱼，也许早年的经历阴影太重，没有万全之策，不能轻易再来东湖边端坐钓鱼。

锁仓塘

锁仓塘是我老家的一个山塘，离长沙城大约二十公里，四面环着山丘，凹着一片浅浅的浑黄的池水。锁仓塘这个名字很有些小家子意识，紧紧地锁住仓门，肥水不让外流。

据说祖辈从江西迁来，在这里繁衍生息，祖上有些德行，颇有人缘，也积攒了些薄地。我精瘦的爹不无自豪地说，他的祖父相当魁伟，在方圆百十里身量无出其右，俗名“黄大长子”，一辈子教私塾，因其显赫的身高，解放前夕竟被推举为当地反共指挥部的书记，差点被解放军抓去枪毙。后来查明此书记不是彼书记，只是一个绿豆大的书记员也就是文员，才侥幸逃脱。父亲叹了一口气说：“可惜祖父娶的祖母太矮，影响了后几辈，到了我们这一辈只好以矮小精悍自慰。”

到锁仓塘这个地方来，我印象最深的是我表哥，我叫他意哥。

一　意哥

意哥叫余意。很有诗情的名字，可他并不如意。

是那种春末夏初的天气，油菜花漫山遍野地开放，四处弥漫着焐热的田土溢出的迷香。我和意哥相跟着骑两辆自行车一路翻山越岭往老家走。看见锁仓塘的时候正好贴着塘边的一个长下坡。意哥故意抖着技术车不带刹一路高歌猛进，在一个右急转弯处的小石板桥上一闪，迅速地连车带人摔到沟里。我笑得浑身打颤合不拢嘴，也在小石板桥上一闪摔到沟里，正砸在努力从稀泥里爬起来的意哥身上，重又把他摁回泥里。意哥急了，揩掉满脸的泥责问我，我笑得咯咯的气都接不上来。

到乡下来的好处有很多，最爽的就是可以放心大胆由着性子钓鱼。锁仓塘连着一条长长的水渠，拐一个弯又连着一大一小两个山塘。老家的青砖瓦屋，就在这些塘对面山丘的土坡上。那时老屋里住着伯父一家，一个堂兄两个堂姐。一家人对我这个城里来的弟弟很热情，特别是堂兄——我叫他佐哥，对钓鱼尤其热衷。

老屋的坡下就有一口山塘，塘水幽深碧绿，是坡上几户人家担水洗衣的地方。生产队还在这里养了些鱼，只有我们几个城里来的孩子被特许在这里洗澡游泳，可是我们辜负了大家的信任，我们到塘里游泳的最终目的却是摸鱼。

等着暮色降临，家家户户炊烟袅袅忙着吃饭的时候，我、意哥、佐哥就悠然自得来塘里洗澡，洗着洗着天愈发黑，两位兄长就不知不觉地潜入了塘中间。不一会儿两人掐住一条鱼从水里冒出头，仿佛从冰箱里取冰块那般容易。两个人把斤把大的鱼塞进裤子里，慢悠悠勾肩搭背地往家里走。那时的短裤大，塞条鱼进去轻而易举，但不能走急，滑腻腻的会掉出来。

后来我记得去这个塘里的“冰箱”里取过几次鱼，每次都十拿九稳。意哥尤好此道，因为钓技他不如我和堂兄。只有我仗着是个半大的孩子，大白天也可以明目张胆地在这个公家塘里钓鱼。有一次我钓了条半大不小的草鱼，吓得在旁边洗衣服的伯妈一把用湿衣服捂住，急急忙忙提了衣篮回家，弄得一篮子衣服都是鱼腥味。但一屋子人都不吱声，中午心领神会地喝着美味的鱼汤。

意哥钓鱼的技术不行大概与他的慈悲心肠有关。他性子慢，好不容易钓上鱼，又说鱼小可以再长长，就把鱼小心地放回水里。鱼摸索出他这边危险性小，就不断来咬，他就不断地把鱼放走。有时鱼咬得太频密他就干脆把眼睛闭了，任由鱼去折腾。有一次太阳底下，他举着竿竟睡着了，瞌睡着一头跌进了塘里，鱼们大概是笑着散去，看着他顶着一头的丝草从水里万分狼狈地爬上岸。

意哥对老家这一带的熟悉程度仅次于佐哥，他曾作为意气风发的知识青年在这一带下放过。有一次我们三兄弟坐在锁仓塘边钓鱼，忽然对岸有一个黑胖敦实的姑娘大叫他的名字，他浑身一惊，又差点摔到塘里。他努力站起身来躲躲闪闪地打着招呼，脸飞快地红起来。佐哥笑他“怕又是送鸡蛋的来了”。我不知就里，长大了才知道，那个黑胖胖的姑娘曾恋过我意哥，过去给他送鸡蛋来着。意哥是我辈兄弟中唯一从曾祖父那里得了点遗传的，高高的身量，文质彬彬，长得极像当红的黎明，要是在今天，怕是更让姑娘们着迷的。

离开锁仓塘老家印象最深的也是和意哥一块。那天我们躺在老屋后山上丛丛的乱草间，呆望头顶的万里晴空。可能是舍不得离开，意哥那天跟我说了许多感伤的话，也不管我懂不懂。我已经不记得许多了，大致是人世间的不如意。我当时头朝着荒草绵延的山顶，脚朝着坡下的老屋和坡上曾祖父母的坟堆，头埋在长草里，不辨意哥的面目，只有耳旁他絮絮叨叨感伤的声音和漫天的蝉鸣粘在一起。

这是我最后一次和他一起在老家。然后他高考失意，然后他结婚生子，然后他身患重病。我竟不知觉，见面还笑他怎么发福肚子大起来了。他却是肝腹水，不久不治而终。他没有葬到我们最后一次离开老家时躺着说话的那片草坡上，因为他算起来是外姓，却偏偏叫余意。

二　暑假

我回锁仓塘老家一般是在暑假。长长的假日，天气燥热，父母看着整天东游西荡的我也心烦，索性就把我遣送到乡下。老家对我来讲可真是多重自由的天空。那时正是城乡差别最大的时候，堂兄堂姐都已成年，想尽各种办法要到城里去，对我没来由的乡间热情很是莫名其妙。其时堂兄佐哥已成了队上的会计，待在队部阴凉的屋里写写算算，已不必在烈日底下“双抢”；两个堂姐则满怀思春情结，边汗流浃背地劳动，边想着如何在城市楼房里相夫教子。

我的兴趣依然是钓鱼。刚来乡下的头几日便漫山遍野地找竹子做钓竿，尽量弄那种又直又长的楠竹背回来，刀砍火弯，加工成新崭崭的钓竿，这是一种愉快的劳动。我常常为做得一根好钓竿兴奋一夜。

用棉线做鱼线，用鹅毛做漂，用大头针做钩，这在乡下都有无穷多的材料和各种选择。比如漂，你可以做成星漂，也可以做成立漂；可以鹅毛做，也可以鸭毛做，再不济还有鸡毛和谷秸秆。做完了这套行头，就屋前屋后地挖蚯蚓、捉蚂蚱，还有一条年轻的母狗围着你转，生怕你刨了它的狗窝惊动了窝里的狗崽子们。我以无比的热情不知疲倦地忙碌着。

刚到的头几天我晚上都睡不安生，一大早就被清凉的晨雾弄醒，眼屎都来不及揩干净就背着自制的那套行头提个木桶钓鱼去了。我最喜欢的是到水渠野钓。水渠里长满了黑油油的丝草，大大小小的鲫鱼都有，而且是队上不管的野地。

渠里的水汩汩地流动，漾动着早晨阳光下油亮亮的丝草，连片的丝草间偶尔也有一两处间隙。把酒米撒在这些空处，不一会儿窝子里弥漫出来的酒香就能把鲫鱼引过来。等太阳完全升起晒得人脸痛的时候，我常常能钓到一两斤活蹦乱跳的鲫鱼。这在双抢时节的乡下是很了不得的，每天能吃到一两斤鲜鱼，算是大开荤腥了。伯妈常笑意盈盈，和左邻右舍夸我。

但也因为这常常的鱼获，引出了麻烦。有一次一个队里的社员走拢来看我钓鱼，发现木桶里游来游去的鱼实在有些多，超出了他的心理承受能力，便大声呵斥我不准再钓了，并作势要抢我的钓竿倒掉我的鱼桶，我只得落荒而逃。后来佐哥听了这事很生气，以队里会计之尊要和人去打架，被伯妈劝住了。

好端端的钓鱼被禁了几日，我只好一天天放肆游泳。这可把伯妈急死了。夏天乡下常有孩子淹死，水里还有传闻的各种莫名的恐怖之物。伯妈最后急中生智，把一根长长的放牛绳系在我腰间，我在水里游泳，伯妈她老人家就站在暮色里的池塘边死死拽住放牛绳。时常游着游着，突然腰间一紧，力道大得直接把我扯出水面，头下脚上，猛地灌了不少塘水。伯妈后来发现了，就把放牛绳系到了脖子上，有次差点把我拽得背过气去。游泳的事只

有大鱼　　王憨山·纸本墨彩

好也作罢。

当了队上的会计，佐哥白天不便陪着我钓鱼，只好晚上想点名堂陪我玩。刚开始我还不明白他要干什么，他把一个铁丝编成的小碗状东西里放满木炭，然后浇上煤油，再用钩针排成密密的梳子状，用一段长竹条夹住。我扛着个捞鱼的小网兜跟在佐哥后面，心里充满了好奇。

走到月亮的背阴处，佐哥点燃了铁丝碗里的木炭，他把木杆举起来，原来这东西像灯笼样用来照明，但它跳动的赤红的火焰却明显比灯笼更劲。佐哥举着这支火，往两边的田垄里探视，还没等我看清楚，他右手长长的竹夹钢梳子就挥了下去，一只硕大的青蛙就被扎住了。我赶紧用网兜儿网住装进系在腰上的竹篓里。不一会儿，泥鳅、鳝鱼、鲫鱼等一一被他用钢梳钉住，我腰上的竹篓渐渐沉起来。

但夜间走在蒿草丛里的土路上，也是有危险的。有一次我们一脚踏中一个银环蛇的窝，十来条小小的银环蛇被惊动，扭动着火光底下黑白相间的身子，让我从头一直凉到脚。好在我们都穿着长雨靴，佐哥紧紧抓住我的手退回土岸。

惊魂未定地回到家里，最好的“镇定剂”就是把这些鱼鲜或熬汤或油煎来抚慰自己的胃。大家热气腾腾地吃出一身汗就什么都好了。佐哥有时候美美地喟叹一声：“要是幼爹回了就好了，他回来了就能喝着好酒了。”

三　伯父

伯父在省城上班，在当时计划体制下的百货批发站当书记。这可不同于他祖父当年的书记员，他能弄到几乎各种紧俏物资的票证，因而在乡下老家受到极广泛的尊重。乡里取其名中一个“幼”字尊称他“幼爹”，连孩子们也觉得自己的父亲很了不起，改口叫“幼爹”了。

伯父最大的爱好就是酒，也许是长年累月独自一人在城里寂寞的缘故。其实他完全可以一家人其乐融融地待在城里的。上个世纪60年代暂时困难的时候，他作为单位的领导带头把全家下放到乡下老家。我看过他们下乡前照的全家福，伯母是个身材婀娜年轻漂亮的柔弱女子，怎么竟能够下到乡下辛苦劳作几十年，变为头扎毛巾手脚麻利的典型乡下妇女，还整天笑嘻嘻的心满意足的样子。只有在她歇息默然不语的时候，才能隐隐见出她从前柔若无骨的美。

不过每个周末伯父总是抽空回老家。他那时恰当壮年，骑个自行车不费什么力。伯父远远的还在对面的山梁上，就有乡亲飞脚跑过来告诉伯母“幼爹回了！”，伯母就赶紧扯下头上的毛巾放下手边的农活连忙往家里赶，赶着去烧茶做饭，一家人最快乐的日子就此开始。

伯父在他几兄弟中身材最魁梧，喝点酒以后更是满脸红光豪气逼人。伯父进家门前，推着自行车上土坡，一路摇着铃铛，堂兄堂姐们从地里跑着迎出来，忙着帮伯父从自行车上卸下大块的猪肉、成堆的洋白菜和其他乡下供销社里买不着的东西。屋前的晒谷坪里堆满了这些杂七杂八的物事，引得上下屋的乡亲跑过来围观羡慕。只有伯母在灶屋里烧火不出来，心中暗喜，灶里火光一闪一闪映着，脸上的羞涩一如从前。

全家的聚餐照例是在晚上，吃着伯父从城里捎回的新鲜东西，听着伯父讲省城的那些新鲜事，一家人都很高兴。伯父酒量很大，伯母也能陪着喝一点，佐哥也能陪一点，于是酒就成了饭桌上的主题。伯父很亲切地拍着我的头，端过自己的酒碗鼓励我尝一点。他说了句大话："喝了酒才晓得男人的那些意思。"我听不懂但还是尝了一口酒，只觉得舌头瞬间被点燃，火焰随即被吞入肚肠，不久头脑发热，说话声音便大起来。

做了大半辈子党委书记的伯父，没过几年就提前退休了。他让儿子顶了他的工职返城了。佐哥从一个大队会计变成了城里的钟表修理学徒。不过伯父还是城里乡下两头跑，一个退休干部仍在单位发挥余热。当然他在乡下待的时候就可以更长了。

伯父有一次在灶屋里煎鱼，随手拿起灶台上的酒碗喝了一口，眯着眼对我说："你说伯父这一辈子喝了多少酒？"我想了想，他早上起床要喝酒，中午要喝酒，晚饭要喝酒，临睡前不喝酒睡不着，这一辈子加起来有多少？我摇了摇头。伯父说："怕是有坡下锁仓塘半塘水那么多。”说完又喝了一口酒，神情有些感伤。我往灶里添着柴草，脸上也跟着伯父一样红彤彤起来。

那年春节前父亲和我一块回了乡下。父亲一走出机关大院，兴趣爱好跟我完全一样。其时天气已冷，钓鱼的可能性不大。恰逢年假，佐哥也学徒回家了。大家一商量，就弄了一张大网准备到锁仓塘里去捞鱼。

佐哥扛着大网在前，伯父手里拎着一瓶酒，父亲和我相跟着走在冬季枯败的田垄上。四周的农舍里寂然无声，到处都蒙上了一层薄薄的寒雾，远远的柴门后只有隐隐的狗吠。

来到锁仓塘边，细碎的波光在灰败的天空下漾动，寒气扑面而来。佐哥打开手中的渔网，就是一边一根竹篙连着中间一片方形的网，这种网得两个人扛着竹篙张开网在水里走，碰上鱼触网就把竹篙往上一抬，鱼就被兜在网里。

父亲那时还年轻，毫不犹豫脱了长裤外套。伯父赶上来，要我们每人喝一大口酒。那种火辣辣的红薯酒立马就烧遍了我全身，一身害怕的鸡皮疙瘩开始退却，一种莫名的勇气充满胸间。

父亲和佐哥扛着大网往锁仓塘的中间走去。塘并不深，最深处水也就没到人的肩。伯父摁住我一起待在岸边，看着渐渐远去的人和网。

没过多久传来了一声欢呼，父亲他们兜住了一条大鲤鱼。我三下两下剥掉衣服就扑进水里，手里举着网兜一路游过去。等我兜住那条沉沉的大鲤鱼，一身的寒意早已消散，只有无比的兴奋。大鲤鱼红鲜鲜的，在凉水里努力挣扎了几下，便乖乖地听天由命。不一会儿，父亲他们又网住了鱼，我就这么来来回回用网兜把鱼送上岸。伯父弄来一个箩筐，鱼装进箩筐里咚咚地跳，伯父倚着箩筐喝着酒一副快乐的样子。

那天收获很大，满满一箩筐鱼还加上我网兜里的两条鲤鱼，我们四个人抬着鱼回家，累得直不起腰。第二天乡里就传遍了，幼爹家里搞了很多鱼。过年在乡里串门的时候我骄傲得像只公鸡。

那些鱼有的腌有的熏有的送人，一直吃到第二年的“双抢”。

进到高二我回乡下的机会就很少了，老师和父母开始对我严加管束，我只得收起那颗野了的心，埋头读书。伯父有时来家看我，看着我瘦下去的脸，很是同情。他说咱们家一堆小子还没个大学生，就指着你了。他下决心把自己骑来的单车留下送给我，那时，这不亚于现在送一台代步的摩托，他说走路上学太辛苦。他不让我送他下楼，怕耽误我读书，我望着他黑夜里疾走隐去的背影，泪水就流下来了。

从此伯父就只能步行下乡，我想起他弓着背，背着肉呀菜什么的，十分费劲的样子。步行就得从城里坐船到那郊外一个叫三汊矶的渡口上岸，然后还有近三十里的山路要走。但伯父捎信给我，叫我安心骑车上学，他经常走路以后，身体愈发好了。

几年以后我已远在武汉念书了。电影《芙蓉镇》上映的时候伯父和佐哥到武大来看我。我们就在珞珈山的露天电影院看《芙蓉镇》。那天正下着雨，我们坐在滑腻腻的土坡上，视线正前方姜文他们的脸被许多横着的电线割裂。伯父看得非常投入。

就是这一年我踢球把腿弄折了，回家手术。伯父却病倒了，得了绝症，他们到武汉原来是去大医院做确诊的。我瘸着腿，父亲用伯父送的自行车驮我去看了他。大家都骗他是脑血栓。伯父努力挣扎起来问我："波伢子你读了书的，你说这脑血栓怎么这么难好？"

我手术的那天伯父走了。我听见手术室隔壁产房里一个难产妇女的呻吟和突然喷发的婴儿号哭。我的腿被医生用利刃切开，我痛不欲生，眼泪夺眶而出。

四　其他

意哥过世的时候，他的儿子已经五岁了。

伯父过世不久，他多年不育的大儿子忽然中年得子，那孩子长大后像极了他未曾谋面的爷爷。

乡下老家的那些房子卖了，连同我们用过的那些竹鱼竿、渔网都没了。

伯母跟着子女们又回到城里生活。

伯父送我的自行车一直都挺好，可惜后来被我粗心的姐夫弄丢了。

锁仓塘周围建起了出版大厦，老家从偏远的农村已变为城市的新区。

那时我们在乡下打闹的那些玩意儿已不在了，而我也逐渐步入中年。

马王堆

从前马王堆在我心目中只是一个城郊偏远的地名，根本不知道马王堆还有要回溯到西汉的沉沉历史。博物馆里的那些精美的帛画、漆器和巨大的棺椁都是后来的记忆。

那是我刚进大学的第一个夏天。那时的夏天应该是没有现在热的，记忆中蝉声更亮荒草更长。父亲知道我回来，非常高兴。毕竟有人陪着他钓鱼了，在机关单位熬着是相当无聊枯燥的。

暑假的头一个周末，不顾母亲的反对，我们俩就骑车出去了。父亲一路跟我炫耀：“这次带你去马王堆，别看那地方不起眼，上回老范还钓了条半斤多的鲫鱼咧。”

过火车站不多久，往北一拐就是马王堆乡。那时这里还是一片农田，虫鸣蛙叫一派典型的夏收景致。顺着柳叶低垂夹道的乡间公路，直直就没入了一溜长长的院墙，大门顶上赫然几个大字：马王堆疗养院。

顺着院墙有一道排水沟，父亲要我下车推着，沿着排水沟边的小道就往深处去，到一个瓜棚下停住，说就是这里了。我有些发愣，莫非他老人家炫耀半天的好地方，就是这不到两尺宽的排水沟？父亲见我那样子，赶紧说别看不起这小水沟，里面鱼不少，你看坐在瓜棚下，太阳还晒不着，多好！

窝在瓜棚里，鱼竿都抻不出，我只好把鱼线解开拽在手里。父亲还煞有介事地打了好几个酒米窝子，要我守着别动，会有鱼的。

瓜棚挡住阳光，也挡住了风，一会儿我就燥热难耐汗流浃背。热气翻腾间，排水沟里冒出一阵阵腥臭的水汽，蝉声蛙叫也变得格外刺耳起来。

父亲却依然干劲十足，在炙热的阳光下来来回回地顺着排水沟跑，到处打窝四处蹲守。熬过中午那段最热的时候，他终于钓着了一条巴掌大的鲫鱼，兴奋地跑过来给我看，大声告诉我，窝子里来鱼了！

那天守到太阳快落山，身上的汗湿了又干干了又湿，我就钓了一条寸把长的小游鱼，父亲另外又钓了一条，总共三条鱼。我有些悻悻然，父亲却兴致勃勃，说快点回去，你妈又要啰唆了。看着他骑行在前面的背影，左右摇晃，一阵风似的；父亲那时候身体真好。

连着几个周末，父亲都要带我去马王堆钓鱼，直到我强烈抗议才作罢。我真不明白，就是疗养院边上的那道排水沟，他怎么会那么喜欢呢?好在那附近我们找到了一个荒废的小池塘，水面小却很深。塘里有各式各样的小鱼，只是费蚯蚓。有一次雷兄还来了，说这池塘里肯定有甲鱼，急忙回家做了几根钓甲鱼的插线竹板下到池塘里。第二天一大早他赶来收线板，等他回家却两手空空。他说有两根线板不见了，可能被人收走了。剩下一根，他顺着钓线摸下去，却发现鱼线死死地缠在一根枯树桩上，什么都没有了。他说肯定是甲鱼太狡猾把钩别断跑了。

当然，这些听着都像故事了。大二暑期实习，我从一个老年杂志领了任务，又来过一次马王堆疗养院。虽然是第一次正儿八经地进疗养院，但感觉却格外熟悉亲切，起码在院外围墙绕着水沟的每一个角落，父亲都带我走遍了。这次是约了采访一个黄姓的老红军，他已经九十岁高龄，当年是贺龙的警卫员。像他们这种老资格的红军，有不少都常年住在马王堆疗养院。巧的是，黄老给我讲的也是钓鱼的故事。他说当年过草地时，贺老总如何处变不惊指挥若定，战事之余还在草地的水洼里钓鱼改善战士伙食。只把我听得热血沸腾，洋洋洒洒写下来，尽显贺老总的英雄本色。

走出马王堆疗养院，我一骗腿跨上自行车，感觉自己都像骑马打仗的将军了。

时间就这么匆匆过去两年，我都快大学毕业了。因为父亲的关系，报社、电视台好几家单位都要我；后来父亲重病，这些单位就都不要我了。住楼下的罗伯听到了这些事怒了，硬把我“塞进”了长沙台。

以后那几年都是围绕着我父亲治病的事情在转，从长沙到上海，又从上海回到长沙。最后竟然折腾到了马王堆疗养院，这里成了他生命里的最后一站。

一九九二年的冬天，那天感觉是要下雪的样子，天空沉沉的被黑云捂着，要落未落。曾同学那时候刚社教回来，就陪着我一起去看我父亲。父亲那时候有些浮肿了，穿件鼓鼓囊囊的蓝色羽绒衣。一辈子很瘦的父亲，脸上前所未见的胖，努力地笑着，看着我们俩。那是曾同学头一回见他。感觉那时候的父亲已经完全知了天命，什么话也不愿多说，身上仿佛敛着一层淡淡的佛光。

出得疗养院大门，天更暗了。我特地停下来，看看围墙边的排水沟，那里已经被薄薄的冰凌盖住，熟悉的瓜棚只剩几根老藤以及几片在寒风中蜷缩起来的枯叶。自行车后座上曾同学死死拽住我，一句话也不说；这时候纷纷扬扬的雪开始落下来，路两边的田地为之一白。

大雪落尽，天气稍暖的时候，父亲就走了。我从马王堆疗养院的病床上把他抱下来，感觉很软很轻也很温暖。坐在车上我还在想，好在这是他钓鱼常喜欢来的地方，从此离开这尘世也可聊以慰藉了吧。

如今的长沙城已经扩得很开，原来的乡间早不见了踪影，马王堆疗养院已不知藏在哪个纷纷扰扰的角落，更不要说那条不足两尺宽的排水沟了。只有偶尔梦中能寻到，热气腾腾的夏天，蝉声蛙鸣瓜棚，还有那手执鱼竿忙乱的背影，连同那灵魂都消融进去的整整一夏。

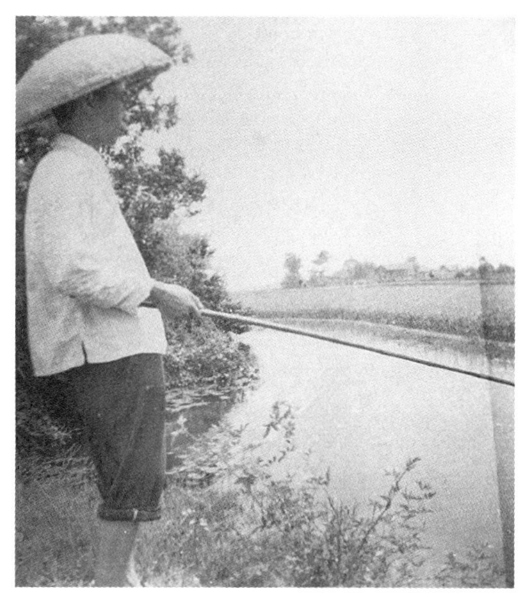

人随流水东西

跋

钓鱼其实都是幌子，有了闲暇，有了兴趣，合了时令，三两朋友，正好有出去晃一晃的理由。

走出林立的高楼，远离钢筋水泥车水马龙，忘掉那些灯红酒绿的喧哗，扑面而来的是完全两样的乡野气息，依四季的递进或柔顺或炽烈或凛冽。聊些轻松的故事，吃点农家的饭菜，在不同的地方遇上些不同的人；伸出鱼竿，面朝江河湖海，火红的漂立着横着动与不动，钓鱼已经无所谓了，放浪形骸间多少总能寻出些人生不同的意味。

就这样从孩童时候到仍为稻粮谋的老同志，从益阳长沙到北京上海深圳，我一路钓过来。父亲走了，母亲老了，连姐姐的孩子都念大学了；还有更多的聚和散，更多的老了走了，堆积成空间的转换时间的流淌。想想真舍不得，不知道那杯酒那口烟那些下雨的声音和所有的絮絮叨叨能安放在哪边的时空里？

山南水北的旅程好在能遇上定初先生老梁同志，他们在我后来的颓丧困顿中总能闪现父辈呵护的光芒，还有那些各处每一盏昏黄灯光下的朋友，让我鼓起余勇努力记下这些往日时光，为了那些曾经的岁月，为了这么多年过去那些依旧温暖如初的父母辈的记忆。

黄二（余 尾） 2015.8.31